蔡秀詞——著

公無渡河

民初歷史小說

公無渡河，
公竟渡河；
墜河而死，
其奈公何？
——〈箜篌引〉

目次

引子

在這個世界上有這樣一群人，就像日本的武士，英國的管家一樣，這些人在中國同樣遍佈在各個階層，在鄉下，他們可以稱作為鄉紳；在江浙，他們被稱之為師爺；在某個決策層，他們可以稱之為智囊；有人還稱他們為資政。而我將他們稱之為謀士。他們在中國同樣有著悠久的歷史，他們聲名顯赫，如雷貫耳。姜太公、商鞅、張良、蘇秦、諸葛亮、司馬懿……如果需要的話，這個名單可以列出長長一串兒，其長度貫穿整個歷史長河。他們功名卓著，他們臭名遠揚。他們有時使用的手段可以稱得上曠世奇謀，讓人歎為觀止；有時可說是極其卑鄙，為世人所不齒。因為他們從不看重過程，只追求結果。他們時而將歷史的巨輪拖入風平浪靜的洋面，時而又將其駛入暗礁密佈的峽谷。

哦，無論是在口耳相傳的遠古時代，還是在科技發達的資訊社會，他們從未停止聒噪。他們靠三寸不爛之舌讓一個國家對另一國家開戰，使無數的無辜百姓無家可歸，生靈塗炭。他們四處奔走，大聲疾呼，在雙方劍撥駑張的時候偃旗息鼓，以和平的方式解決爭端。他們頻繁出現在廣播、電視、網路等媒體，鼓動一國國民對另一個族群的仇恨；他們在決策者面前不停鼓聒，說某某國家藏有大規模殺傷性武器，對世界和平極具威脅。這些人中，有的榮華富貴一生，為人仰慕；有的則機關算盡反毀了自家前程，落得喪家犬的下場。

我在這裡向他們的榮耀和恥辱致敬，為他們的崇高人格和無恥伎倆放聲高歌。我要將他們拉下神壇再次打入地獄，我要將他們從墳墓中挖出來，讓其豐功偉績重見天日。

我這樣做的目的只有一個，那就是為了雪公。

正是這個人，三十多年來像夢魘一樣纏繞著我，讓我欣喜若狂又痛苦萬分。小時候，我聽著他的故事悄悄入睡，又從睡夢中驚醒。少年時，我在他家老宅周圍放牛，茫然地望著天空，不知路在何方。「文革」時期，我和父親、弟弟一道，挖掉鋪在他家老宅地上的一塊塊石板，蓋起了自家的豬圈。讀書時，我在他創建的中小學完成了九年義務教育，每天在他親筆書寫的「雪公堂」三個字的注視下走進或走出校園。後來，一次偶然的機會，我在北京圖書館翻閱那些發黃的報紙，意外地看到雪公的故事，心中泛起了層層微瀾。再後來，我的表叔從臺灣回來探親，從他的講述中我知道了雪公更多的經歷，它顛覆了我最初的印象，讓我對他既愛又恨。

第一章

表叔從臺灣回到大陸尋根，見到破敗不堪的百年老宅。表叔講述雪公如何略施小計為自家侄子掘得人生第一桶金。雪公在自述中敘述自己年少時巧舌如簧騙得兩碗麵條的經歷。

表叔和我

早早地，表叔從臺北打來電話，說他近日要回一次老家，還特別叮囑只需我一個人陪伴。大夥都用驚訝、羨慕的目光盯著我看。而我也表現出一貫的頑劣，直言不諱地說，我沒有時間。

儘管如此，當表叔回來後我還是不顧廉恥地緊貼在他的左右。我如此言行不一，並不是我對表叔的喜愛，以及對他的口袋裡那些美金的濃厚興趣。原因是我對雪公的興趣在與日俱增，更何況表叔還帶回來一本小冊子《雪公自述》。作為一個作家，就在我出版兩部長篇小說，被世人稱之為一顆冉冉升起的文壇新星的時候突然文思枯竭江郎才盡，急需一個好的故事重新提振信心。雪公的故事也許就是一個機會。

《雪公自述》這本小冊子是雪公八十歲寫的。也許他已經感覺到自己來日無多，如果再不寫可能一切都晚了。果不其然，在這本小書完成一月之後，他便撒手人寰。這本小書在雪公死後由他的家人自費出版，印數大約是一千冊。雪公死於一九六一年，那時還有許多事件的當事人仍然活著。儘管那本小書印數有限，仍然在島內引起了軒然大波。一些口齒不清的老者公開在電視上報紙上痛陳雪公的無恥行徑，在對雪公往自己臉上貼金的做法表示憤慨的同時，大談自己在那些事件所起的舉足輕重的作用。而這位老者顯然犯下了與雪公同樣的錯誤。接下來，他的話又遭到另外一位老者的駁斥和糾正。再接著，又有人再一次站出來，說他們統統在胡說八道……可以想見，這造成了一場混戰。一場狗咬狗的爭鬥。有人說，這可能就是雪公的又一伎倆，而且是他慣用的把戲。說不定他正在陰曹地府裡偷著樂呢。

正如騙子的話不能相信一樣，老人的話同樣不能相信。我的經驗是，老人往往活在自己的神話裡。即使是那些他們曾經親身經歷的事件，多少年之後，在他們的心目中腦海裡，根據他們自己的意願，經過了無數次的刪減和加工，經過了無數次的增改和修飾，早已變得面目全非。從這種意義上說，所謂歷史就是他媽的口述的歷史。

如今的表叔也是八十出頭的人了，但看上去他還精力充沛，口齒伶俐，步履堅定。他恬不知恥地告訴我，在臺北，他和那些與自己年齡相仿的同鄉，每月都要聚會一次，除了吃喝之外，找妓女快活地玩樂一次是聚會的必備項目。而且幾十年從未改變。當然這也是承襲了雪公的傳統。

這一次，表叔要我陪他的目的很簡單，就是要我寫一本雪公的書，一本帶有自傳色彩的長篇小說。因為小說不需要完全真實。但你要盡其所能力求真實。這是表叔對我的最低要求。應該說，在聽完表叔的講述和看罷雪公那本小冊子之後，雪公的故事正撩得我激情燃燒，最後到了不吐不快的地步。

表叔跟隨雪公二十七年。其中大部分時間形影不離。他就像一個跟屁蟲一樣跟隨雪公的腳步，亦步亦趨；就像一條蛔蟲一樣蟄伏在雪公的體內，清楚他的每一個想法。表叔是雪公的侄子，是他弟弟的兒子。所以，雪公的故事由他來講述是再合適不過了。

在一個陽光燦爛的上午，我和表叔驅車來到雪公的老宅。它位於一個小鎮的一條破爛不堪的老街上，它那風燭殘年般的模樣成為這兒的一道風景。就像一位出身豪門的小姐雖然人老珠黃，雖然貧困潦倒，仍風韻不減。應該說，我對這兒的一切再熟悉不過了。小時候我就居住在相鄰的一條街上。這兒也是我和小夥伴們最愛來的地方，捉迷藏、打鬧、翻跟斗，站在二樓的樓梯上往下撒尿是我們最開心的事兒。這兒也是我們見證奇跡的地方，我們不止一次看到那些少男少女躲藏在木樓的角落裡親吻、做愛。我們還在夜深人靜的時候，偷偷溜到這兒，窺看某個男人與某個女人在這裡野合。

這棟老宅見證了我最初的青春萌動，以及由於年紀太小而不成功的性愛嘗試。在我的印象中，這棟老宅從來沒有人居住。據說，在一九四八年解放之前，雪公的父親便帶著一家老小，先是乘船來到漢口，然後又乘飛機去了臺灣。不過，這個家族的故事從來就沒有被人遺忘，人們總是帶著憤怒而又羨慕的心理，講述著發生在這裡逸聞趣事，包括男人的怪癖和女人的穿著。當然人們最感興趣的是，雪公的大哥到底是兩個還是三個小老婆？以及這些女人哪些長期住在老家，哪些住在漢口？為此人們對這個老浪子到底有幾個兒子幾個女兒爭得面紅耳赤。如果你來到這裡，你會發現人們說得最多的則是二樓的房間，那是女人們居住的地方。同樣，你會發現那些野合的男女為何總是挑選二樓的某個房間行苟且之事，那是因為男人們會把身下的女人想像成當年某個漂亮的太太或小姐，而女人則把自己想像成了大家閨秀和渾身珠光寶氣的闊太。

表叔的講述

我的祖父是位鄉紳，生有三男一女。雪公排行第二，在他之上還有一個哥哥。我的父親行三，那個女兒就是你的祖母。她其實是被你的祖父逼死的。這也是這個家族不與你們來往的原因，當然我除外。現在國共兩黨都握手言歡、冰釋前嫌了，還有什麼不能原諒的？

這座老宅雖然是我祖父一手建造的，但明顯是我的二伯雪公出的錢。這也是我的父親不願搬進來居住的原因。我的父親是那種又窮又硬的男人，他既沒有讀書的天賦，也沒有生意人的頭腦。這就註定他一輩子碌碌無為。但他有著讀書人的骨氣，不願吃嗟來之食。所以，我們家一直住在祖父留下那棟老房子裡。那是鎮子的東邊，距這兒兩里多路呢。

然而，我的大伯卻是個公子哥兒，一個成天遊手好閒、到處拈花惹草的浪蕩子。當然，大伯常常一年做幾筆生意，但那都不是一個正派生意人幹的事。比如販賣鴉片呀，倒賣軍火呀。他一度在這個鎮上開過妓院，據說生意還非常紅火，要不是祖父一把火燒了，說不定他還真能大賺一筆呢。他還放過高利貸。別人放高利貸常常血本無歸，但他卻是一本萬利，大夥都明白他依靠的是雪公這棵大樹。大伯常對他的客戶說，我不怕你跑了，就是鑽進老鼠洞裡我也會把你拉出來！

大伯確實賺了很多錢。但那錢嘩嘩地從他左手流進來又嘩嘩地從右手流出去。他將這些錢用來賭博、逛妓院和娶小老婆，後來他又染上了鴉片。我的祖父並不允許他在家裡賭博和吸食鴉片，於是大伯常年待在縣城裡或是漢口。這卻苦了他那些小老婆，因而她們與長工鬼混的醜聞不斷從這個家裡傳出。

而我的父親則是另一種人。他對大哥的生活表面上不齒，心底裡卻羨慕得不行。這並不是說他有強烈的自持能力，促使他過一種循規蹈矩的生活的是我的母親。她是一位小商販的女兒，有著精明的頭腦和伶俐的嘴皮子。她還擁有美麗的容顏和曼妙的身段，她笑起來銀鈴般的聲音讓許多南來北往的商客心醉神迷。但她並不是一個賣弄風情的女人，她對丈夫的忠誠讓許多人都不可思議。更不可思議地是，她吵架的本領和罵人的技巧一樣讓人瞠目結舌、歎為觀止。

母親對她的兒女同樣要求嚴格，我先是在縣城讀書，後來又回到她的身邊做著小本生意，過著勉強糊口的日子。母親的嚴厲管教不僅沒有使我就範，反而埋下了叛逆的種子。在十九歲那年，我娶了老婆，同樣是個商販的女兒。這樁婚姻完全是我母親一手包辦的，我只是她手中的一隻木偶。當第一個孩子出生後，我便鐵心要離家出走了。

在一個陽光慵懶的午後，我告訴家人要去漢口一趟便乘著一條裝滿山貨的船出發了。船在第二天上午到達，而我幾經周折在省政府大樓找到了我的二伯雪公。當時他正在辦公室和一群人談笑風生，見到我時，笑聲戛然而止，隨後又驟然響起。接下來雪公把我介紹給在場的各位要人，但我一個也沒有記住他們的名字。我怯生生地躲在伯父身後，就像是一隻害羞的貓咪。而他們的恭維更加劇了我的緊張，好在二伯迅速叫來秘書，安排我在一棟小洋樓安居下來。

在接下來的日子裡，我一直跟隨在雪公左右。他這樣做的目的就是讓我長長見識。我的確長了不少見識，見到了各種稀奇古怪的人，有衣著筆挺的軍人，有剃著光頭蓄著長須的老者，有濃妝豔抹說話嬌滴滴的女人，還有高頭大馬黃頭髮藍眼睛的洋人。那時的雪公安坐在省政府主席的寶座上。毫無疑問，這兒所發生的一切，均是以雪公為中心。

我在一次聚會中認識一位姓孫的商人，一家商行的老闆。他對雪公非常客氣，那巴結的笑容一直停留在臉上，直到走出大門也沒有褪去。他對我也一樣。那笑容讓我很不適應。想想看，一個比你年齡大一倍以上，長得肚大腰粗的男人，無緣無故地衝著你傻笑那是什麼滋味？你會跟我一樣不自在，渾身像有無數隻螞蟻在爬。孫老闆親切地向我走來，略帶討好地同我攀談。我想自我介紹一下。但看來沒有必要，因為他對我非常熟悉。

這個男人已經對我進行了詳盡地瞭解，摸清我的全部底細，知道我從鄉下來，還是個雛兒，一個涉世不深的毛頭小夥子。更重要的是，我是雪公的侄子。這次，他打算與我合夥做筆生意。我問是什麼生意？孫老闆仰面哈哈一笑，那意思是你最好別問。我當然要問清楚。他立刻看出我的心思，說是跟外國人，更準確地說是歐洲人做的生意，都是國內急需的緊俏貨，比如織布的機器、白糖、布料等等。孫老闆說，這筆生意利潤非常可觀，如果我投十萬元就可淨賺十萬，如果投三十萬也可淨賺三十萬元。還說，這筆生意根本不需要我出馬，只是坐在家裡等著收錢就是了。我告訴他，我沒有錢。孫老闆接下來又是一陣爽朗的笑聲。我知道你沒有錢，但你可以向雪公借呀。我搖了搖頭，表示他不會借我錢的。你還沒開口呢，怎麼知道他不會借你錢呢？末了，孫老闆扔下一句：我等你的好消息。轉身就走了。

在接下來的兩天裡，我一直盤算著如何開口向雪公借錢的事。多少次話到嘴邊又縮回去了。但誰又會在一次賺大錢的機會面前無動於衷呢。何況像我這樣一直過著窮困日子的鄉下人，對一夜暴富的欲望更加強烈。不用說，兩天裡我被撩拔得寢食難安、坐臥不寧。那時我還不會掩飾自己，一切都寫在臉上。雪公顯然看出了我的心思，問我出了什麼事？於是，我借機將孫老闆的話轉述了一遍。但我沒有提到借錢的事，但我想雪公一定明白我的難處所在。當時他並沒有說什麼，這讓我覺得此事到此為止。

就在我完全不抱希望的時候，雪公把我叫到他的辦公室，全盤說出了他的計畫。這是一個做什麼事都異常認真的人，每一個細節他都在心中仔細盤算過無數次，以求萬無一失。你千萬別以為我借錢這事是件小事。它是一位謀士所出的又一個奇招，它由一連串陰謀組成，看上去是那麼天衣無縫。

多少年之後，我終於明白了，雪公這類人有著強烈的操控一切的欲望。一個人的命運，一群人的命運，一個國家的命運，如果可能的話甚至是全人類的命運。將一艘駛入暗礁密佈的游輪引向寬闊的海洋，是他們願意做的事情。但是，一艘原本就在風平浪靜的洋面行駛的遊輪，由於他們的一時興起而突然改變航道，駛入暗礁密佈的峽谷同樣會讓他們歡欣鼓舞。他們常常掛在嘴邊的一句話是，讓我們盤算一下，看看事情是否會向另一個方向發展。

哦，在雪公身邊的這些年裡，我見識過太多這樣的事情。尤其是當進攻的矛頭一齊指向他的時候，他並不像有些人那樣，慌張、忙亂、無措、只有招架之力，他會召集一班人，圍坐在一間幽暗的屋子裡密謀著，算計著。然後說，就這樣吧，將公眾的視線轉移到另一件事情上去，至於這件事嘛，人們很快就會忘得一乾二淨的。

別以為，這些人只對國家大事感興趣。有時，他們也會對像我借錢這類小事表現出濃厚的興趣。因為他似乎看到了我的命運之箭正在奇異拐彎，並朝著另一個方向射去。或者說，他正在精心策劃一場陰謀，挖好了一個陷阱，他想看看人們是否按照他的佈署一步步鑽進去。他甚至還想看看，這個陷阱佈置得怎樣？會不會在哪兒出點小岔子，從而急轉直下。當然，在這所有的環節中，每個人必須演好自己的角色，並做到萬無一失。問題是，我並不是個好「演員」，可能把事情搞砸。我想這他也可能考慮到了，並做好了補救的預案。

你想聽聽，當時我聽到雪公的計畫時的反映嗎？震驚。激動。興奮。這三個詞除掉任何一個都不能表達我彼時的心情。哦，即便是三個詞綜合一起也不能完全表達我那時的心情。我能聽到自己怦怦的心跳，以及一顆心即將跳出胸腔的恐慌。我像個木偶一樣走出他的辦公室，然後回到住處收拾行李。當天下午就乘船回到了家鄉。

依照計畫，我首先找到了秦觀樓，一個在府河航道上擁有上百艘商船的老闆。湊巧地是，十天後秦家正好有三十多艘貨船滿載著貨物駛入漢口。我對秦老闆的要求是，這批貨船要在傍晚時分駛入漢口，並掛上我們家的旗號。為此，秦家將得到一筆數量可觀的賞金。

其實，這只是一件舉手之勞的事情，對秦家來說絲毫沒有損失。就是這麼點兒小忙，秦觀樓並不想幫，原因是他不信任我，認為我只是一個沒有幹什麼大事的毛頭小夥子。他不相信我能拿出錢作什麼賞金。他認為這是一個閒得無聊的年輕人的惡作劇。出於對雪公的尊敬，他沒有叫我滾蛋而是有禮貌地要我離開。

提到雪公，我馬上心機一動，並告訴他這一切都是雪公指派的，我只是依照雪公的指示行事而已。可秦觀樓是個老頑固，他固執地認為這是我情急之下編出來的嚇唬人的鬼話。請你離開，我真的很忙，有太多的事情等著我去處理，真的沒工夫跟你閒扯。

望著秦觀樓遠去的背影，別提我有多麼失望。後來我回到家中，一個人坐在那兒生悶氣。妻子將女兒遞到我的懷中。過去我極少抱她，更談不上有什麼感情。而此時，看到這個三個月大小的小傢夥衝著我天真地微笑的時候，我的內心頓時湧現一陣莫名的激動。這是我第一次體會到人間溫情，即使對我的妻子這種溫情也沒有出現過。於是乎，大腦中所有的煩惱和苦悶頓時煙消雲散，就像一股清泉沖洗了心中的污泥。那一刻，我甚至覺得那筆生意不再重要了。那一刻，我只想留在孩子身邊，為的是每天能看到她，聽到她的笑聲。當然，也包括她的煩惱和發脾氣。

不過這種好心情很快就被打破，我的母親在吃晚飯的時候開始向我發難，問我這一個多月到哪兒去了？連個人影兒都見不到。我告訴她我去了二伯那裡。那麼說，你在你二伯那裡做事？母親繼續追問。我撒了個謊：是的。那你這次是帶錢回來了？母親向我伸出攤開的右手。這動作我太熟悉了，多少年來，母親就是這樣逼著父親交出身上的每一個銅板。我說我目前還沒有拿到錢，不過……很快會搞到錢的。母親一聽就火了，向平時對待我的父親那樣暴跳如雷，破口大罵。說我不僅像我父親一樣無能，而且學會撒謊了。還說我已經是個有老婆孩子的大人了，應該自己掙錢養家糊口，可我倒好，成天遊手好閒，不務正業……母親說著說著就哭了起來。一家人都沉默不語，唯獨母親在不停地抽泣。那一呼一吸的巨大聲音，弄得一家人都沒有了胃口。首先是我，接著是我的弟弟、妹妹，前後離開了餐桌。

母親的牢騷反而堅定了我做下那筆生意的決心，以此來證明我並不是個啃爹啃娘的遊手好閒之徒，證明我是個能讓老婆孩子過上幸福生活的男人。也就在這個時候，我突然想起臨行時雪公的囑咐，說如果遇到困難就給他打電話。你知道，在上世紀三十年代，電話可是稀罕之物，我們這個小鎮總共也沒有十部電話機。幸運地是，我的祖父家裡就有一部。那是身分的象徵。

應該說，我的祖父，那個老鄉紳是非常疼愛我的。原因是我並沒有像我的那些叔伯兄弟染上吃喝嫖賭的惡習。這完全是我的母親的功勞，她總是千方百計地阻攔我和他們的來往，到後來她甚至不讓我們隨意到祖父家去。我的祖父那天正好在家，他拉著我的手問長問短。我很快發現他並不知道我在二伯那裡待了一個多月。於是，我順便告訴他二伯的一些事情，並轉告二伯對他老人家的問候。祖父顯然異常興奮，想盡可能多地瞭解兒子的情況，從成天在做什麼事情，到吃飯穿衣，事無巨細，他都想知道。我當然清楚祖父的目的。在他的身邊總圍著一幫老頭兒，而拿二兒子的事情出來炫耀，是祖父最樂意幹的。而此時，我的心中只想早點給雪公打個電話，告訴當前遇到的困難，聽聽他的意見，看有無破解之法。那部搖把子電話雖然就在堂屋裡，卻被祖父鎖著，而鑰匙祖父成天戴在身上。

當我提出要給雪公打電話時，祖父滿臉狐疑地望著我。我忙告訴他是雪公讓我打的，祖父這才笑了，並從衣兜裡掏出鑰匙。我按照雪公事先所說的程式操作，在經過漫長地等待之後，終於聽到了雪公的聲音。雪公聽罷我的訴苦之後爽朗地笑了，告訴我在家裡等著，並說秦老闆會親自找上門來的。

我打電話時，祖父一直在一旁側耳聆聽，生怕漏掉一個字兒。不過他仍不清楚我們在說什麼。事後他反復詢問，我也沒有告訴他實情。在他的不斷糾纏之下，我只好揚手開溜了。

果如雪公所料，四天之後，秦觀樓備下一份厚禮，親自來到我的寒舍。他那卑躬屈膝的樣子很難想像這就是我們這個縣城的首富。這讓我既得意忘形，又受寵若驚。我請他在一個舊椅子上坐下，並讓老婆給他沏茶。可我的老婆忙活半天，直到客人離開也沒有端上茶來。因為我家裡既沒有茶葉也沒有現成的開水。但秦觀樓嘴裡卻一直在連聲道謝，並對上次我去他家時的無理對待深表歉意。自始至終，我都說話不多，原因是我並不瞭解雪公到底做了什麼，讓秦老闆如此俯首貼耳。可話又說回來，一個手握重權的省主席收拾一個商人來豈不是小菜一碟。更何況那時雪公手下還有十萬大軍。

沒等我開口說話，秦老闆謙卑地提出一切按照我的要求辦，而且分文不取。不僅不收分文，製作我家旗幟的費用也由秦家承擔。他還承諾，三十多條貨船會提前停泊在臨近漢口的河面上，並依照指定的時間出現在指定的水域。說罷，秦老闆起身告辭，緊緊地握著我的右手，似乎這次並不是我在求他而是他在求我幫忙。在下臺階的時候，他懇求我今後要對秦家多加關照。我同樣面帶微笑地說，那是當然。因為我想起雪公的話：當你向對方舉起鞭子的時候，最好說話輕柔點兒。

根據約定，我重新回到雪公身旁，並焦急地等待著那天晚上的宴會。其實，所有的事情都是雪公安排好了的。那家名叫「臨江仙」的酒樓就坐落在漢江的邊上，而我們所在的餐廳無疑是最好的，它既能觀賞兩岸的燈火，即使在漆黑的深夜也能清晰地看到江面上的航船。當然，雪公不會把貨船經過的時間安排在深夜，對於每個細小的環節他都會慎密地考慮，並儘量做到恰到好處。那會兒正是仲夏，白晝長得令人痛苦不堪。所以，在七點半的時候，也就是宴席開始了一小會兒之後，那三十多艘掛著我家旗子的貨船剛好從「臨江仙」酒樓對面經過。而這個時候，我起身對雪公說：

「二伯，今天我要給您老和在座的老闆一個驚喜。現在請您轉過身看一看江面……」

一字排開的商船正在緩緩前行，高高堆起的貨物恰似一座座小山丘。船上的旗幟迎風招展，一人大小的「何」字一目了然。宴會廳的客人們這時都伸長脖子觀看這浩浩蕩蕩的商船經過。有人已經在小聲議論了，並說誰家的商船如此氣派？看來時機已到，於是我大聲宣佈：

「今天讓各位看的，這就是我的船隊！」

宴會廳一陣驚呼。雪公則走過來拍著我的肩膀說：「你小子幹得不錯呀！」接著又對眾人說，「走，我們到陽臺上仔細看看去。」

通往陽臺的門早已打開，大夥魚貫而入，饒有興致地看著船隊經過。而我，則倚著欄杆向船隊用力地揮舞起雙臂，以示致意。讓大夥更為驚訝地是，作為回應，船隊同時拉響了汽笛。在汽笛聲中，船工們紛紛走出船艙來到舷邊，也向我揮手致意。汽笛聲響徹雲霄，回蕩在江面上，足足有三分鐘之久。這種場面極其震撼，而且從來沒有過，其壯舉可以用前無古人來形容。只有在一九三八年底日軍攻佔武漢時，讓人心驚膽顫的防空警報才能與之相比。

不過，需要說明的是，嗚響汽笛並不是雪公事先的安排，而是我的主意，也就是我與秦家達成的默契。僅憑這一點，雪公從此對我刮目相看。這也是後來他一直要我跟隨他左右的原因所在，同時也使得我後來參與了部分重大事件的決策，這些決策有成功也有失誤，尤其是三年後的「西安事變」，他落下「何人斯」的笑柄應該說我罪不可赦。為此，我深深地自責過，並多次在媒體面前承認是我的自作主張，企圖挽回雪公的聲譽。然而，泥牛入海為時晚矣。也就是那一次，我驚訝地發現，想整雪公甚至企圖致他於死地的人不在少數。在這種情況下，已經沒有人相信我的聲辯。或者說，他們明明知道那是我所為也不會附合。多少次，一些人想把污水潑到雪公身上，想把黑洞洞的槍口瞄準他卻苦於沒有機會，而這一次，看來他們是絕對不會放過的。

汽笛聲過後，船隊漸行漸遠。江面又重新恢復了平靜。客人們陸續回到餐廳。但大夥似乎並沒有從剛才的驚喜中醒轉過來，依然是議論紛紜。而雪公則高聲地對眾人說：

「我這個侄子多次在我的面前提起過他的船隊，我還以為他在吹牛呢。今天眼見為實，幾年不見看來這小子已經發達了。哈哈哈……」

而我這時走到伯父面前，不失時機地說道：「多謝二伯誇獎。在您老主政湖北以來，荊楚大地一派興旺發達，生意也比以往好做了。在我的老家有太多的糧食和棉花要往外運，而大城市呢，又急需這些物資，兩相需要，生意就像滾雪球一樣越滾越大，你不想做大做強都不行。」

「好大的口氣呀！」雪公滿面春風地說，「不過，看來你小子眼光不錯。眼下戰事連連，糧食和棉花都是稀缺的緊俏物資……」

我見時機已到，適時地拋出預先在心中默念無數遍的話：「不瞞二伯說，如今生意倒是做大了。俗話說，船大風也大，魚大浪也大。這資金鏈子常常接不上，還望伯父幫襯幫襯我呀。」

「你要錯錢？」雪公環顧四周，說道。「你小子算是來對地方了，你看這屋子裡多少大老闆呀。不用我開口，這些大老闆們都願意幫你一把的。」

話音未落，一位姓沈的老闆搶先說：「主席的賢侄有難處，我們理應出手相助。你說個數，沈某願意效勞。」

我先是感謝沈老闆的慷慨相助，接著說：「不多，就二十萬元足矣。」

屋子裡一陣轟笑。看來這些人真是商界大佬。聽得出來二十萬元在他們眼裡只是區區小錢。這時，一位姓陳的老闆接道：「如果不賺棄，我願出一百萬資助你度過難關。」

「多謝各位抬愛。」我向眾人低頭鞠躬，道：「我剛才已經說過，只是在周轉上資金有些不暢，所以二十萬元足夠了。今後若有困難再來求助各位，這一次我就接受沈老闆的好意了。」

在眾人的注視之下，沈老闆當場填寫了一張二十萬元的支票，雙手遞到我的手中。我連聲道謝。大功告成，雪公則招呼眾人重新入座。

第二天，我便將支票直接交給那位大腹便便的孫老闆手中。他接過支票，用手指習慣性地輕彈兩下，對我微微一笑：

「你就等著收錢好了。」

接下來發生的事情遠沒有我在家等著收錢那麼簡單。我也終於明白了孫老闆為什麼找我合夥的原因，他的生意需要一棵大樹來作依靠，而他找我合夥其實是找到了雪公這棵大樹。

一個深夜，我被一陣急促地敲門聲驚醒。我問是誰？對方說他是孫老闆的手下，而孫老闆此時正在碼頭上，讓我馬上趕去。我開燈，然後打開房門，發現那傢夥確實是孫老闆的手下，而我在多次場合見過他。沒等我穿戴整齊，就被生拉活拽地拉上了一輛轎車。午夜的漢口正在沉睡，到處是漆黑一片，遠沒有如今的喧鬧和嘈雜。也沒有燈光，連街燈都沒有。轎車劃過漆黑的街道急促向前，且顛簸得厲害。即便如此，孫老闆的手下仍在不斷地催促：快點，快點！

後來，轎車在一陣濃烈的魚腥味中停了下來。快下車。那個傢夥仍在催促。而我看到的一切，讓我感覺彷彿仍在夢中。我揉了揉眼睛，方才確定眼前的一切真實存在。我必須承認，在此之前，我從來沒有見過這樣的陣仗：一邊是荷槍實彈的軍警，一邊是同樣荷槍實彈的孫老闆豢養的打手。而這些打手手中的武器一點兒不比軍警差，甚至更好。我的處境恰似一隻掉進狼窩裡的羊羔，隨時會被撕成碎片。我這樣說一點也不誇張。當時，雙方彈已上膛，箭已滿弓，隨時會演變成一場流血衝突。而我則處於雙方對峙的中間地帶，是他們共同的靶子。一旦開火，我會立即被打成篩子。

這時，肥胖的孫老闆走了過來，一把摟住渾身顫抖的我。然後對著那個軍警的隊長說，他就是我的合夥人，而他，你們認識嗎？他是省主席的親侄子。兩個月前，他來武漢時還是個窮光蛋，是省主席授意我拉他一把的，所以，才有了這筆生意。怎麼樣？何去何從，大隊長您看著辦？說罷，孫老闆一把將我鬆開了。而我感覺就像一下子從一堆肉團的包圍中解脫出來一般，剎那間感到一陣虛脫。

而對方——那位大隊長——並不相信孫老闆的話。這些人成天與商人、流氓、地痞、街頭混混打交道，軍警知道他們都是騙子，從他們嘴裡說出來的有幾句真話？如果要在鬼與這些人之間作出選擇的話，他們是寧願相信鬼的。那位大隊長說，儘管他認識省主席，但省主席並不認識他，他也不認識省主席的這位賢侄。我只是例行公務，履行我的職責，請孫老闆行個方便，不要傷了和氣。

「那您何不打個電話呢？證實一下不就一清二白了。」孫老闆在提醒對方，並轉身指著旁邊一幢小樓。「那裡面有電話。」

「跟省主席打電話？我恐怕沒有那個榮幸。」軍警隊長冷笑一聲，並不買對方的賬。

天這時漸漸亮了，不遠處的江面泛起閃著銀光波紋。江風吹過來，在各種陳腐的氣味中摻雜著一絲涼意。這時，我才發覺在那幢三層小樓的樓頂上亮著一盞昏黃的電燈，而一樓靠近門廳的房間裡同樣亮著昏黃的燈光。孫老闆重又摟住我的肩膀，說：

「既然隊長大人不願打這個電話，那麼走，我們去碰碰運氣，看能不能讓你的主席伯父親自給隊長大人通話。」

儘管是淩晨五點，儘管連我都不抱有希望，但電話還是很快接通了。電話那頭傳來的確實是伯父的聲音。不用我解釋，雪公似乎什麼都知道了，他安慰我不用怕，一切有他呢。然後，他讓那位軍警隊長接電話。隊長半信半疑地走過來，但他顯然聽出是省主席的聲音。不過，我的伯父並沒有如影視作品中所說那樣，將對方痛罵一頓，相反表揚對方恪盡職守，不辭辛勞，夜半三更還在執行公務。雪公的表揚反倒使這位隊長既受寵若驚又不好意思，他隨即表示，既然是省主席的賢侄的貨物，那他們馬上放行。如果需要，軍警隊還可以將貨物護送到安全地點。

軍警隊長放下電話之後，卑謙地向我鞠了一躬，說要請我理解他這是在例行公事。然後大臂一揮招呼弟兄們撤走。望著遠去的載著軍警的汽車，我狂跳不止的心這才漸漸平復下來。孫老闆也拍了拍我的肩膀，說這兒沒有我的事了，讓那輛轎車直接送我回旅館去。

折騰了半夜，我本該繼續睡一會兒的，但我倒在床上壓根兒睡不著。剛才的情景在腦海裡歷歷閃現。儘管是夏天，我依然感得後背透著陣陣涼意。在我漫長的一生中，我和雪公一起曾經歷過太多的生死考驗。有許多次，我們真的是絕望了，並向我們的友人和我們的敵人交待了後事。但承蒙老天一次又一次地眷顧，我們得以死裡逃生。儘管那些經歷比這次驚險千倍萬倍，但這次畢竟是第一次，所以刻骨銘心。

幾天後，孫老闆提著一箱錢來，那是四十萬元。那也是我頭一次見到那麼多錢。但我沒有想像中的激動和興奮。孫老闆催促我清點一下，我揮了揮手，說一切免了。因為有雪公在，我知道他不會少給我一個子兒。第二天，我提著二十萬元去沈老闆的商行還錢，可沈老闆卻不要，說是送給我的。我說當初是我向你借的，所以欠債還錢是天經地義的事。沈又說，那算是他送給雪公的。我說你要送他錢，你得親自送去。扔下錢，我就走了。

又過了兩天，我帶著二十萬元不辭而別回到了老家。這當然在後來遭到了雪公的痛罵：你就這麼點兒出息?!

我想我當初確實後怕了。我在小鎮過了兩年遊手好閒的日子，但我並沒有沾鴉片和賭博，也沒有常到縣城去逛妓院。開始我們吃喝在父母家裡，但母親很快就逼著我們分了出去。母親說，我如此好吃懶做，不出一年一家人就得餓死。我們一家口顯然不會餓死。我隨後蓋起了三間兩層小樓，但仍然一如既往地過著遊手好閒的生活。這讓許多人不解，兩年裡，包括我的母親和老婆一再追問我在外面是不是發了大財，對此我一直守口如瓶。

表叔和我

這是表叔在那棟破敗的老宅裡講的故事。我們倆就坐在門廊的臺階上，那臺階是一條條褐青色的石板組成，坐上去光滑而冰涼。實話說，我並沒有像作家或記者那樣，一邊聽對方講述，一邊在筆記本上簌簌地記錄，甚至沒有就不明白的問題向他提問。我只是傾聽，傾聽。我不想打斷他，我甚至害怕有人進來打擾。謝天謝地，確實沒有誰來打擾。使表叔的講述停頓的只有覓食的麻雀、跑動的老鼠，以及山風帶來的片片落葉。

在講完上面的故事之後，表叔這才艱難地站立起來，扭動了幾下他那老朽的骨頭和鬆滯的皮肉，然後看了看表，告訴我時間過得真快，我們該回家吃午飯了。飯後，表叔照例要小睡一會兒，而我則找出他送給我的那本《雪公自述》讀起來。這本小書是繁體字，並且是豎排的，閱讀時必須從右往左翻。這讓我多少有點兒不習慣。好在裡面的故事非常吸引人。

【雪公自述】片斷

我出生的小鎮位於府河的源頭。而府河在這裡聚集了大山的千溝萬壑並匯成一道洪流奔向漢江。在襄花公路未修之前，我的鄉親們只能坐船到達武漢三鎮。在我主政湖北的三年時間裡，我最大的政績就是修建了襄陽至花園口的公路，連通了武漢到鄂西南的交通樞鈕。這不僅讓我的鄉親們去往武漢的行程縮短了三天，更重要的是，在一九三八年底日軍攻佔武漢之後，中國軍隊能夠迅速有序地向西南方向撤退。當然，這也讓當年那些說我有私心的人永遠閉上了嘴巴。

我的父親是位鄉紳。在鄉下，鄉紳似乎無所不知，上至天文地理，下至雞毛蒜皮。更重要的是，鄉紳擔任著「法官」的角色。鄉下人是羞於打官司的。如果說你跟誰在打官司，那一定是件丟人的事。再說，打官司是需要錢的。而傳說中的衙門又是如此黑暗。有錢能使鬼推磨。對於鄉下人來說，法院就是有理沒錢莫進來。所以，鄉下即使出了人命案，也多是找鄉紳來裁決的。我親耳聽到過父親對一個殺人犯的裁決：活埋。於是，那個二十多歲的被五花大綁的年輕人，被推倒在事先挖好的土坑裡，十幾把鐵鍬掀起旁邊的泥土，並迅速堆起了一個墳包。

當然，鄉下並沒有那麼多大案要案需要父親裁決，更多的是鄰裡之間雞毛蒜皮的小事。遇到此種情況，父親總是鼓動他那三寸不爛之舌說得涼水能夠點燃燈。我要一碗水端平。這是父親常掛在嘴邊的一句話。我發現，他這麼說正在掩飾他的窘境。也就是說，他不可能做到事事公正。一邊是有錢人，一邊是地痞惡霸；一邊是親戚朋友，一邊是孤立無援的窮人。父親自然有所偏愛，因為他們的強勢在無情地打壓一個鄉紳斡旋的空間。但父親很會「表演」：一會兒滿臉堆笑，極盡討好之能事；一會兒又暴跳如雷，隨時準備拍屁股走人。有的時候，你不要認為父親在耍他那套把戲，在大夥以為他不會走的時候，他真的拍屁股走了。但他知道這些人還會來找他的，也就在這時，他會要脅對方說：「如果你不作讓步，我沒有再跑一趟的必要。」對方當然是要讓步的。父親則像一個凱旋的英雄舊地重遊。

不用說，我繼承了父親的某種基因，隨著年齡漸長，並逐漸體味出玩弄人事於股掌的樂趣。但我的智識也許要高出父親一籌，這與我所受教育的程度有關。我先在私塾讀了四年，隨後父親又把我送到漢口一家教會中學讀了三年。漢口的經歷對我至關重要，也對我今後的人生影響巨大。在這裡，我不僅開闊了眼界，重要的是結識了來自天南地北的同學，這些人中有的一生轟轟烈烈，有的坐擁一塊福地成為一方諸侯，有的則興辦實業，富甲一方。在中國，人際關係向來被視為重要資源，對於一個人來說，它跟空氣、水、食鹽一樣重要。後來，在我走出故鄉的小鎮來到中國這個大舞臺時，為何常常能絕處逢生、柳暗花明，與我結識的那些同學、道友，甚至拜把子兄弟的鼎力相助不無關係，沒有他們，我不可能享盡天年，說不定在國內戰爭、抗日戰爭、甚至是北伐戰爭期間就已經命喪黃泉。而我的父親，顯然沒有我的那些經歷以及那些人脈關係，他也許一生中去過武漢幾次，甚至還到過河南、陝西等地，而他的足跡卻始終停留在家鄉的土地上，他的視線同樣沒有越過小鎮那片狹小的天空。

十三歲，在結束武漢的學業後我回到了故鄉小鎮，開始了無所事事的悠閒日子。說是悠閒，其實是我與父親在關於我的前途問題上意見相左，父親準備將我交給他的一個朋友，讓我跟這位乾爹學做生意。再過三年，父親會為我置辦一個商鋪讓我自主經營。父親說，再往後就要看我的造化了，運氣好的話做得像秦家那樣富甲一方也不是沒有可能。就是再時運不濟我也可衣食無憂地過一輩子。而我，對父親為我繪製的「藍圖」並不感興趣，我要到北平、上海或者天津去繼續讀書，今後也會在那些大城市規劃我的人生。男兒立志出鄉關。這就是我對父親的表態。

儘管我兄弟姐妹眾多，但父親對我卻異常溺愛。他一反往日的強硬，並不急於讓我作出抉擇。如果我是一塊冰的話，他希望雙手捧著並慢慢將其融化。但我不是一塊冰，而是一塊頑固不化的石頭。是的，我的心一如頑石，哪怕它也能感覺到來自另一個人的溫度。但我想出去的想法一直沒變。

那些天裡，只要是外出，父親就會帶上我。走親戚、去縣城，或者是為他人調解糾紛。我都會樂意跟在他的後面，我把這理解為父子相處的最後機會：我就要遠走高飛了，在遠走之前，願意更多地陪在父親身邊。

十三歲，正是愛幻想的年齡，腦子裡經常冒出一些奇思妙想。那天，我和父親從另一個小鎮步行回家，在臨近中午時分，路過一家小酒館。酒館的主人跟父親很熟，遠遠地就向我們揮手，要我們喝口茶再走。經主人提醒，我們突然感到渴了。似乎不約而同地走進了那家酒館。哦，如今已經再也見不到這樣的酒館了，即使在遙遠的鄉下你同樣難得見到。那是一棟二層小樓，全然的木製結構，而且全是松木。五十多公分直徑的筆直的柱子，兩寸多厚的木板做成的牆壁，還有那木頭樓梯，走上去還帶著空山幽谷的迴響。還有桌子、板凳、椅子，全是清一色的發出馨香的松木。更讓人愜意的是，屋子裡有一種清涼的感覺。我太喜愛這個地方了，我已經不想走了。於是我對父親說：

「我們就在這兒吃午飯。」

「好。」父親爽快地應允了。

「我請客。」

「你有錢？」父親疑惑地望著我。

「我有。」我想告訴父親我有一個奇妙的鬼主意，但我沒說。我衝父親笑笑。你就等著好戲開場吧。

在這個小酒館裡，除我們之外，還有一些客人，不多，大概是五個人，分兩桌坐著。他們已經在進餐了。三個人在喝酒，另兩個人在吃著包子。我招呼酒館的一個夥計過來，過來的卻是酒館老闆，那個五十多歲的男人。他友好地問我有什麼要求？我問他一籠包子多少錢？「兩塊，」他回答道。「那就來兩籠。」我看到那個男人狡黠地笑了。他的小小的詭計得逞了：先把路人叫到酒館來，如果到了吃飯的時候，他們自動會就餐的。這是種釣魚式遊戲。我們就是兩個上鉤的魚兒。不過這一次，他會為自己的聰明付出代價。

包子很快就端上來了。熱氣騰騰，並發出誘人的香味。父親微笑著一邊吸吮著散發的香味，一邊鼓起腮幫子試圖將熱氣吹散。但他並未舉起筷子，而是等著我先去品嘗。我這才發現，老闆也沒走，同樣微笑地望著我，意思是，嘗嘗味道怎麼樣？我舉起筷子，卻突然側頭問老闆：「你這兒有麵條嗎？」老闆連忙點頭：「有。」「多少錢一碗？」「也是兩塊。」我這時放下筷子，說：「包子不要了，換兩碗麵條。」老闆有點驚訝地望著我，問：「包子也很好吃的，幹嘛要換成麵條？」我告訴他，我們走了半天路，又餓又渴，還是吃麵條最好。老闆還在堅持，解釋說你可以一邊吃包子一邊喝茶解渴。我堅持己見，說自己沒有喝茶的習慣，你還是換成麵條吧。老闆這時退而求其次，問能不能只把我的包子換成麵條，而我的父親則仍然吃那籠包子。就在父親猶豫不決的時候，我向他投出意味深長的微笑。父親想起了「我請客」那句話，就說：「我也換成麵條。」

包子被端走了，過了很長時間才將兩碗同樣熱騰騰的麵條端上來。端麵條的同樣是酒館老闆。我衝他滿意一笑，隨後低頭吃起來。老闆這時走了，那眼神明顯在說，你小子真能折騰人的。

在吃過麵條之後，我們又在酒館坐了很長時間。似乎要等待中午最炎熱的那個時段過去。酒館老闆一邊又一邊地過來和我們說著閒話，那意思要我們付帳。父親偶爾望我一眼，但我的並沒有付帳的意思。後來我們就起身離開。老闆遠遠地衝著父親說：「那我先把賬記在你的名下。」

「什麼賬？」我故作驚訝地轉過身來，問道。

「兩碗面的錢呀。」老闆提醒道。

我上前一步，鄭重地對他說：「麵條不是包子換的嗎？」

老闆壓根兒沒想我會這樣，他有些激動，臉刹那間漲紅了：「麵條是包子換的，但你要付包子的錢呀。」

我顯得非常無辜的樣子，說：「包子？你不是端回去了嗎？」

此時，老闆的臉更紅了，血潑一般，且不住地冒著汗珠。但他的確一時無言以對了。「你，你……小小年紀怎麼這樣？你……」

父親卻在一旁哈哈大笑，萬分讚賞地望著我。這個靠耍嘴皮子贏得眾人信任的鄉紳，他還沒有導演出這麼精彩的好戲呢。更何況這是一個十三歲的孩子導演的，一個十三歲的孩子，由於他的詭辯讓一個五十多歲的酒館老闆瞠目結舌，有理說不出。青出於藍而勝於藍。他一定在這個孩子身上看出了某種潛質。說不定他已經改變了主意，不再固執己見要他做一個小販，而是子承父業去當一名鄉紳。後來證實父親的確是這樣想的，這也讓我有了到大城市去深造的機會。

我清楚地記得當時那個已經平靜下來的酒館老闆就是這麼一句話：「你小子將來若不成個人才，就會成為一個地痞流氓。」

「我的兒子會成為一個辯才，」父親一邊笑著，一邊掏出四塊錢來放在桌子上。

酒館老闆出人意料地將錢推給父親，說：「為了這小子成為人才，我賭上這頓飯錢。」

第二章

我名存實亡的婚姻。表叔見到雪公堂中學，這讓他想起美好的童年時光。雪公講述自己從妓院出來，遇上他一生的摯愛玉兒。

我的婚姻

在這裡我本不想提到自己的家庭生活，這是一個時期以來我刻意迴避的。而在小鎮上的不知就裡的親戚則慫恿表叔到我家去作客。我的家在距小鎮二十公里的縣城，家裡只有我和結婚僅僅一年多的妻子。我的妻子也是一個三十多歲的老姑娘，她在一所中學教了十年書。十年裡，至少有一個排的熱心人給她介紹了一個連的男友。儘管這個連的男人差不多能攻克中日之間爭執不休的一個島嶼，卻沒有一個人佔據她的心房。這些男人中肯定有一些色膽包天的傢夥，甚至在第一次約會時就想把她拖上床。這讓她一段時間來對男人心存恐懼。這就是為什麼我那位好心的同學的老婆安排了三次約會之後我們才終於坐在一起的原因。

我也是因為寂寞和無聊才去赴那次約會的，以我的倔強脾氣當一個女孩兩次以種種理由違約後我是不會去第三次的。看得出來我對此完全沒抱希望，去見上一面，純粹是為了打發無聊的時光。所以那次我很放鬆，講了不少趣事和笑話。有些笑話甚至帶有黃色的隱喻。她如果假裝正經揮袖而去我一定不會惱火，因為那次我純粹是尋找開心。事與願違，她留了下來，我們一直聊得十點多鐘並互留聯繫方式後才各自回家。後來我們隔三岔五地約會。我敢說那不是談情說愛，純屬排解心中的鬱悶和寂寞。於是，我們成了無話不談的知心朋友。三個月之後，在一次朋友聚會上她被慫恿喝了幾杯紅酒，出門後已顯醉態。我試探著問願不願意到我的宿舍去。她沒有拒絕。於是我們上了床。相互說了一些「我愛你」之類的廢話。再後來我們就舉行了婚禮。

應該說，結婚的時候她已經有孕在身，並伴有明顯的妊娠反應，這讓她異常煩躁，常常為一點兒小事大發雷霆。公平地說，我也不是那種體貼入微的丈夫，除了一些家務之外，幾乎是束手無策。我唯一能做的就是強忍著沒有發火。接下來她開始不盡地抱怨。我則是以無言來表示抗議。後來她瞞著我將孩子打了下來，並搬回到父母身邊。

而這一切我並沒有告訴我的父母，更不說親戚朋友了。他們還以為我的小日子過得甜蜜滋潤呢。

幾天來，表叔身邊總是聚集著各色人等。他已經不堪其擾。這些人中不僅包括或近或遠的親戚，還有鎮上的官員。鎮上的領導是來探聽表叔是否有意到家鄉投資興辦產業，哪怕是重新修葺那幢破敗的老宅，使其成為一個觀光景點。看到表叔對此都沒有興趣，這些人方才告退。

除了這幢老宅之外，表叔最想去的地方就是「雪公堂」。這「雪公堂」其實是兩所學校：小學在鎮上，中學則建在縣城。鎮上的「雪公堂小學」早已不復存在，如今，那裡是雞飛狗跳的農貿市場。面對此種情景，我聽到表叔長長地喟歎一聲，不用說，他是多麼地失望。後來，我們驅車來到位於縣城的「雪公堂中學」。這裡曾是縣一中的校址，如今卻變成了一所實驗中學。過去的建築多半已經拆除，留下了兩棟教學小樓。這已讓表叔喜出望外了，他像個小孩子似的一頭撲了進去。從一樓爬到二樓，再爬到閣樓。然後一個房間一個房間地仔細查看。欣喜的樣子，讓他一下子回到了童年時光。

表叔的講述

位於縣城和小鎮的兩所學校是雪公卸任省政府主席之後，賦閒在小鎮的日子規劃建造的。那是雪公最鬱悶的日子。先是因連日暴雨導致長江決堤，雪公難辭其咎，壓力之下被辭去省主席一職。儘管他的頭上還有一大堆官帽，但那多是虛職，沒有多大實權。一個人在成功的時候，往往是出於驕傲和虛榮，為家鄉做了些事情；當一個人失意的時候，如果他還有能力的話，他將會心甘情願地為家鄉做些事情。

那段時間卻是我最愉快的日子，因為我可以每天都和雪公待在一起，聽他講自己的往事，講那些驚心動魄的大事件，以及他在其中的所作所為，所思所想。在講這些事情的時候，我聽到他常常發出長長的歎息，以一種過來人的眼光去反省和審察其中的人事，認為當時那樣做而不是這樣做可能更好。不過，他也認為有些事情不是他甚至不是人能夠左右的。這就像一艘巨輪面臨危險，儘管你想盡一切辦法避開，但最終還是一頭撞上了冰山。在講到一些人時，雪公往往會破口大罵，一改往日的紳士風度，大罵這些人是烏龜王八蛋，是忘恩負義的小人，是唯利是圖的偽君子……當然，我們談得最多的是那個重要人物，是總裁，是權傾天下的一號人物。那是個很有心計的傢夥，太有心計了，就是他耍心計的時候你感到他竟是那樣真誠，面對著他，你會為他的真誠所打動，並願意為其效力。哦，該死，你知道那是他的偽裝，他的表演，他在耍心眼，但那是天生的演員，完全融入在角色裡。這也許就是他的魅力所在。面對他的表演，你會說：「好吧，您說得對，我會按照您的指示去做的，請放心。」轉過身來，你會恨自己，恨自己剛才的表現，但為時已晚。

說到總裁，雪公說他在日本就結識了，在孫先生的同盟會裡。那時總裁還是個小人物，一個跑腿的小夥計，但他勤快，腿跑得特別歡。哈哈。而雪公的地位則在這個人之上。不僅得到孫先生，還得到黃興的器重。說到黃興，雪公又是一陣惋歎，說他死得太早了。如果他不死，中國的格局又會是怎樣呢？

命運作祟，在上海，雪公又和那個人混跡在街頭派系林立的幫派裡。那會兒，他們都是小人物，反而走得近了。不過，兩人顯然是個另類，因為他們都胸懷抱負，都有遠大理想。只是時運不濟，兩人才屈尊於別人膝下。雪公這麼說，顯然有誇大事實的成份。事實可能是，那個人有著遠大抱負，而雪公則是被其吸引。

在小鎮上，在雪公回來的那段日子裡，我有幸見到了玉兒，這個跟隨雪公大半生的女人。但我要說明的是，玉兒並沒有妻妾的名份，雪公和她是相互欣賞的情人關係。而我更願意把兩人的愛情看成是一道風景。

雪公和玉兒的關係早已是公開的祕密，就連我的嬸娘——雪公的夫人——也作了某種程度的默認。在雪公賦閒在小鎮的三個多月的日子裡，他的家眷仍然留在武漢。雪公自有他的用意：他這次回鄉只是小住，並非告老還鄉，全身而退。他隨時準備回去的，更何況鄂軍的將領都是他一手培植的老部下，只要他一聲令下，在華中這塊地兒，仍可攪得天昏地暗，日月無光。

【雪公自述】片斷

我和玉兒是在日本認識的。說來真是奇怪，你甚至想像不出那一天到底發生了什麼。我那時十八九歲，而玉兒則只有十五六歲，一朵含苞待放的花兒。她有一雙純靜的大眼睛，再配有一件白色的連衣裙。哦，你可想像到她的純靜是從裡到外的，不摻有任何雜質。當然，她是一位中國女孩，亭亭玉立地站在那兒。不用說，當時我完全魂飛魄散，整個人如紙片飄蕩在空中。

當我重新落入地面，我又對這一天的所作所為羞愧不已。那是因為我剛從妓院出來。我在想，如果我在早一刻認識她，我就不會去那種地方。但這又是誰的錯呢?要怪就應該怪罪她的父親：吳叔。是的，是吳叔了卻我的心願，讓我失去了童貞，嘗到了作為一個男人應該得到的快樂。但吳叔這個男人從來沒有告訴我他有一個漂亮女兒，他也從來沒有邀請我到他家作客。真是陰錯陽差。天底下有好多事是做後才後悔的。我不是說我錯過了玉兒，而是我錯過了吳叔的信任。在有了這次逛妓院的經歷之後，我就不可能明媒正娶他的女兒為妻了。因為誰也不會將一個在妓院失去童貞的男人納為自己的乘龍快婿。這實在是太荒唐了。

也正是這個原因，我始終沒有懇求她的父母把玉兒嫁給我。我想，玉兒也可能不止一次兩次向父母提及我們的婚姻大事。而她的父親總是以各種理由拒絕。那些理由同樣荒唐而可笑，不值一駁。時隔三十年後，我和吳叔在天津相聚。這時的吳叔已經垂垂老矣，當我們重敘往事時，他突然說：「假若我把玉兒嫁給你了，那我們的每次見面會是怎樣的情景？」我們隨後哈哈一笑。我明白，吳叔說這話的目的是要我莫記恨他，原諒他的固執己見。我當然不會記恨他，甚至連感激都來不及呢。

「三十年了，玉兒一直沒有結婚。我知道她身邊有許多優秀的男人，但她誰也不嫁。我想，她心裡只有你。」吳叔說。

這是實話。但玉兒是鐵了心不嫁人了。這在二十世紀三十年代的中國是需要多大的勇氣，然而，玉兒似乎什麼都不顧了，她特立獨行，我行我素，視那些閒言碎語如敝屣。表面上，她還是樂呵呵的，笑顏逐開。但在一個人獨處時，我知道她會悄然流淚。就像有時我擁她入懷時那樣潸然淚下。

還是讓我們回到那天吧，看看到底發生了什麼？而事情又是如何發生的。首先我要說的是，吳叔並不是同盟會會員，他只是一個勤雜工，一個什麼都幹又什麼都不幹的人。在我們這個社區裡，我見到最多的便是他的身影，他像個幽靈一樣無處不在。同時，他也和氣、幽默、樂於助人，他似乎跟誰都玩得來，上至孫先生，下至司機、門衛等。吳叔是江浙人，那是個出人精的地方。我這一輩子跟太多的江浙人打過交道，他們一些稀奇古怪的想法常常讓我既百思不解又佩服至致。

那些天，我既閒得無事又著急地等待著日本陸軍士官學校的入學通知。那一天，我雖然手中拿著一本書，可我完全沒有心思去看書。吳叔見我魂不守舍的樣子就走了過來，問我有什麼事？我忙說沒什麼。但我畢竟只是個十八九歲的孩子，還不會自我掩飾呢。

「別瞞我了，一切都寫在你的臉上呢，」吳叔笑著說。「是想家了吧。」

顯然他只說對了一半。不過我可以順水推舟。是的，想家。這是個不錯的托詞。奇怪的是，吳叔沒有問我是否想念我的父母，而是想念那個住在老家的我的媳婦。儘管在我的家鄉，十八九歲已經結婚生子是非常平常的一件事。我告訴吳叔，本人不僅老家沒有媳婦，連未婚妻都沒有。這時，我跟吳叔談起了往事。告訴他，我十四歲考取「幼童」秀才，後保送到湖廣總督張之洞創辦的「經心書院」就讀。我至今仍記得該校「正學堂」樓的門柱上那幅對聯：志在春秋，行在孝經，此處臣鵠子鵠；雖有文章，必有武備，法我先聖先師。這幅對聯也是張之洞親筆所書。

經心書院的第一任院長為愛新覺羅．溥儀的師傅、進士出身的廣東人梁鼎芬。後經心書院併入兩湖書院，在湖北、湖南各選一百名學生繼續深造，本人有幸選中。那時因年少輕狂，常自詡為天生猿臂，將帥之才。此言本屬戲言，不想竟在師友中傳開，甚至梁先生、張總督也有耳聞。不曾想，這句戲言竟為我後來官費留學日本開啟了方便之門。

年歲漸長，家人確實為我尋了一門親事。但我執意不從，說自己的終身大事不用父母操心，今後自己作主。話雖這麼說，然而，無論是經心書院，還是個人交際的圈子，多是男人和已婚的女人。所以……吳叔看出來了，我總是竭力迴避「女人」這個字眼，到了非說不可的時候，我又是滿臉通紅。因而他問我：「你還是童男子？」我沒有回答，而是臉更紅了。那真是太遺憾了。吳叔開始誇誇其談地講起他的情史，說他十六歲就跟一個比自己大十歲的女人上過床，十七歲已是妓院的常客了。十八歲他娶了現在的老婆，不過他並沒有因此收斂自己的獵豔行為。他的老婆是位非常正經的女人，而正經的女人只是生兒育女的工具，那些放蕩的女人則更有情趣。

「我原本想請你到外面吃點小酒的，現在，我要帶你去開開眼界。」吳叔說，「十九歲還是個童子雞，這對一個男人來說，真是他媽的太慘了。」

我不想花費筆墨去細緻地描述那天下午的經歷，但那種感受的確叫人終生難忘。那是一種含有羞愧而又興奮的感覺，當然還不僅僅這些，那裡面還摻雜著飄飄欲仙、真假難辯的感覺。在女人母雞般咯咯的笑聲中，我像個初出茅廬的鄉巴佬一樣渾身不自在。在女人偶爾流露出的溫柔的愛撫中，我的確體味到了從未有過的快樂。那個塗滿脂粉的嘴唇描得腥血的女人，我不僅猜不出她的年齡，甚至看不出她的長相。但我要說的是，即使在那個以出賣色相為目的的場所，即使在被世人斥為下賤女人的內心裡，也會泛起母性的溫情，尤其是面對一個初次涉足這種場所、滿臉羞色的中國小夥子的時候。儘管我們說著不同的語言，但我還是從她的眼神裡讀出了一個母親對孩子的愛憐。儘管這種愛憐並未持續太久，而是一閃即逝。

那一天，我在那個女人的格子間裡待了很長時間。這是其他的顧客享受不到的待遇。當老鴇一遍又一遍地喊著那個女人的藝名，讓她把我趕走的時候，她還是一再拖延。後來，我知道不能再待下去了。當我出來的時候，吳叔已經在外面等得很不耐煩了，不過，他並未表現出他的不滿，而且用調侃的口氣說：

「小子，再好的東西也不要吃得太飽。你還年輕，有的是時間。」

在心滿意足之後，我和吳叔乘著一輛破舊的班車回到了他在郊區的住所。在下車之後，我便看到了一個可愛的精靈站在一棟同樣破舊的房子面前，這個小精靈在喊了一聲「爸爸」之後，跑過來撲在吳叔的懷裡。隨後，吳叔將她介紹給我：

「這是我的女兒，玉兒，現在一所華僑女子學校讀書。」

這是我們第一次四目相對。這就是所謂的一見鍾情吧。我們瞬間都被對方吸引，而這種吸引力的巨大程度超出了所有人的想像，它貫穿了我們的整個人生。從那天起，我就成了吳家的常客。因為我很快發現自己在這個家裡是很受歡迎的，不僅是吳叔，吳太太也由衷地喜歡我。看到她見到我時真誠地笑容和餐桌上豐盛的菜肴就知道我在那兒的受歡迎程度。當然，我去吳家是想見到他們的寶貝女兒。在玉兒住校期間，我是很少去的。這也讓吳太太數落了我好多次。

還有一點改變就是，我不再和吳叔一道去妓院了。儘管他一而再再而三地邀請我去，我還是斷然謝絕了。我要讓他覺得我並非無可救藥，或者說，我要讓他覺得我是在他的引誘下才去妓院的，是一個無辜少年，為了他的女兒，我願意守身如玉。

應該說，我這樣做完全是自欺欺人，是一種假像。我不是那種在女色面前意志堅定的人。這是我性格矛盾的地方，在事業上，一旦選定目標我會義無反顧、勇往直前，不達目的誓不甘休。如許多人一樣，英雄難過美人關。何況我已經嘗到了女人那甜美的滋味，那就像鴉片一樣是我一生都離不了的。我不覺得那是我性格上的弱點，我寧可將此稱之為愛好。就像有人所言：好那一口兒。

那個時候，對於玉兒，我是可望不可及。有許多次，我來到那所女子學校希望見上玉兒一面，可門衛不是乾瘦如柴的老頭兒，就是面目可憎的老太婆，他們的冷酷無情讓我熾熱的心一下子降到了冰點。後來他們竟認出我來了，遠遠地，不待我走近就像驅逐一條狗一樣把我趕得越遠越好。

就像那些軍人，由於經受情感的炙烤而愛上手淫一樣，我愛上了逛妓院的習慣。這已成了一個公開的祕密。在我們七十多歲的時候，我接待了一位偷渡到香港又來到臺灣的老鄉，席間指著十幾位同樣七十多歲的老友對老鄉說：「我們這些老傢夥沒有別的愛好，但每一個月必須聚會一次，除了大吃一頓，就是到妓院去找小妞好好樂一樂。」那還是六十年代，大陸正經歷「文革」，而那位老鄉顯然還不明白妓院是怎麼回事。他被我的「坦白」驚呆了，變得不知所措。這時，我的太太卻打了我一拳，笑嗔道：「你們這些老不要臉的，還有臉說哩。」

大夥轟堂一笑，算是為那位遠道而來的老鄉解了圍。

我已經說過，逛妓院是我對玉兒的移情別戀。我想這樣做比起尋找別的什麼女人更為安全。因為我去妓院只是尋求釋放和刺激，而不會產生新的愛情。為了做得隱蔽，為了不讓吳叔撞見，我不再去當初那家妓院，而是選擇更遠更偏僻的地方。很快，我就成了那兒的常客。但我不會每次都找同一個小妞，而是同那兒的每一個女人都有約會。在玩遍所有的女人之後，我剔除了其中三個女人。原因是這三人不合我的「口味」。她們的粗暴無禮，她們的貪婪無厭，讓我覺得不是來「享受」而是受氣。尤其是，後來我已經熟練掌握日語能夠自如地和她們交談時更為掃興。比如，一個瘦骨嶙峋的女人總是不住催促快點：快點脫衣，快點上去，快點射精，然後快點滾蛋。這讓我頓感索然無味。

我漸漸掌握了玉兒的作息規律，每逢月末，學校會放假三天。玉兒會在這期間回到父母身邊。

後來我乾脆告訴她我所在大樓的電話，那個時段，我會守在電話機旁等候她的聲音。所以，當玉兒回家的時候，我也會準時出現在吳叔的家裡。

不用說，吳叔儘管歡迎我去他家作客，但他還是百般阻撓我和玉兒的交往。好在每次我去的較早，家裡只有吳太太在，這個時候我會和玉兒到附近的公園去散步。那是一段只屬於我們兩人的快樂時光。公園裡長滿了四季長綠的雪松和直刺雲天的杉樹。由於這些枝繁葉茂的樹木遮住了整個天空，因而地上鮮有植物生長。讓我奇怪地是，地上竟沒有落葉，光滑、潮濕的地面踩上去有一種既涼爽又柔軟的感覺。天空中只有颯颯的風聲和偶爾飛過的鳥兒的鳴叫。在那些下午，公園的遊人也不多。但一對老年夫婦每次都準時地坐在一條長凳上，男的滿頭銀髮，女的清濯瘦弱，在他們歷經風霜的臉上，我們看到更多的是平靜、安詳。兩人很少說話，似乎這麼坐著就足以快樂無比。

要承認，我和玉兒都不是那些話癆。更何況我們講著各自的方言。開始的時候，要準確地聽懂對方在說什麼，其難度並不亞於面對一門外語。不過，我很喜歡玉兒說話的樣子和聲音，有時，只要看著她說話我就心滿意足了。至於她說的什麼，已經無關緊要。

第二章

雪公賦閒在家那段飄忽不定的日子。孫先生驟然辭世，雪公不僅為先生也為自己失聲痛哭。辛亥革命爆發。隔岸觀火。清兵與學生軍在武昌城混戰。平亂初次失利，十四個農民成了替罪羊。

我和表叔

自五十年代中期去了臺灣，表叔也有三十多年沒有回來。他能在耄耋之年回來一趟也屬不幸中的萬幸。而故鄉的一切可以用滄海桑田來形容，許多事物並不以人的意志為轉移，當時人們以為是好事的，三十年後再看，有的則正在走向其反面。府河的河水就可以作證。

直到一九五六年，府河上的船帆還是不斷的，那隆隆的馬達聲、漁鷹立在船頭的英姿，還有暴雨時節快要漫堤的滔滔洪水洶湧而下的驚心動魄，構成了府河沿岸村民欣賞的風景。然而，一九五六年之後，由於上游興建了太多的大大小小的水庫，府河逐漸乾涸了，先是船不能航行，接著河道變窄，從過去的一望無際到如今有的地方僅有三五米之距。往日的河灘不是栽種了樹木就是改成了農田。再後來，府河充斥著沿岸城市和居民的生活廢水和工廠污水，府河變臭了，昔日的黃金水道如今卻成了藏汙納垢的場所。

表叔站在府河岸邊發呆，變臭的河水發出陣陣刺鼻的味道。表叔想看看過去的碼頭，卻一直沒有找到。後來詢問一位上了年紀的老者，老者指著遠方說：「那兒就是老碼頭。」順著老者手指的方向望去，那兒已是一排冒著濃煙的工廠。

表叔的講述

在雪公賦閒在家的日子裡，我們每天都會到碼頭來。有時玉兒也來，有時只有我和雪公兩人。當然還有兩名斜挎荷子槍的警衛，他們遠遠地站著，總是和我們保持一段距離。我記得非常清楚，雪公的心情總是時好時壞，喜怒無常，讓人捉摸不透。他在前一分鐘還笑逐顏開，緊接著會暴跳如雷，破口大罵。他會對一隻鳥兒的鳴叫歡欣鼓舞，也會對一隻繞膝的狗大發雷霆。有時，他還突然奪過警衛的槍來，對準一隻無辜的狗砰砰一陣亂射。應該說，雪公的槍法實在不敢恭維，只見子彈橫飛，而那只狗卻安然無恙。

我記得最清楚的是，雪公對待我的態度同樣陰晴不定，難以捉摸。一會兒他表揚我撈一筆就走是多麼明智。漢口碼頭的水太深，不是我這樣剛出茅廬的小夥子去淌的。而有的錢則是帶著血淚的。你全身而退是對的，陷得越深抽身就越難。然而，在下一刻鐘，雪公又罵我沒有出息，滿足於在一個巴掌大的小地方過一種渾渾噩噩的日子，男子漢應該志存高遠，幹一番轟轟烈烈的大事，這樣才不枉來人世一遭。「收起你那小商販的美夢吧，明天就跟著我去闖天下。」

到了第二天，雪公同樣一副垂頭喪氣的模樣，繼續發著牢騷。雪公說，當初他滿腔熱血地投身革命，為的是推翻帝制，建立一個民族、民權、民生的社會。如今皇帝趕跑了，三民主義的社會為何沒有到來呢？因為接下來有太多的人想當這個新「皇帝」。當然，你可以不稱他為「皇帝」，可以稱之為「總統」、「主席」，或別的什麼的。文人們說，他們有經天緯地之才；而軍閥們則說，他們有治國理政之策。公說公有理，婆說婆有理。各方爭執不下，誰也不作讓步。於是乎，風雲突變，軍閥重開戰，灑向人間都是怨。

雪公說，造成這種混亂局面，不僅他沒有想到，就連孫先生也沒有想到。孫先生一直是個理想主義者，儘管他一生屢戰屢敗，但屢敗屢戰，愈挫愈勇。你可真沒見過這樣的人，一個矛盾結合體。既堅忍不拔又極易垂頭喪氣，既一言九鼎又出爾反爾，既彬彬有禮又粗暴易怒，既可以高呼「袁總統萬歲！」又掉轉槍口出兵討伐。這也許就是他吸引人的地方，他的個人魅力所在，你跟隨他多年，自以為已經很瞭解他，看透了他，但他有時作出的決定往往會讓你大吃一驚。他就是那種站在風口浪尖的人，一會兒被雲霧淹沒，一會兒又毫髮畢現。

看得出來，雪公很懷念在孫先生身邊的日子。在一九二五年四月，也就是孫先生逝世一個月之後，在廣州舉行公祭儀式上，雪公不由放聲痛哭。與其他人略含悲意相比，雪公的「失態」也讓在場的許多人大為震驚。眾人紛紛過來，勸他節哀順變。有人偷偷地議論說，雪公是個重感情講義氣的人，不像有些偽君子，一點銀兩，一個女人就立馬反目成仇。其實，許多人錯誤理解了雪公，與其說雪公是為孫先生而哭，倒不如說雪公是為自己而哭。想想看，雪公當年追隨黃先生，本可以大展鴻圖，幹一番轟轟烈烈的偉業，沒想到黃先生突然病故，使他措手不及。緊接著，雪公又來到孫先生身邊，並深得先生信賴和器重。沒想到孫先生如今又駕鶴西去。雪公哭是感歎自己的命苦，感歎自己為什麼如此倒楣不走運，靠樹樹倒，倚牆牆歪。雪公哭是因為他對個人的前途感到茫然無措。舉目四望，周圍還有自己倚靠的人嗎？如果有，這個人是否有治國興邦之才，經天緯地之策呢？雪公深知自己不是能夠統領三軍的王者，充其量他不過是個將才，一個依靠別人成就事業的人。

已經一個月了，雪公一直在尋找那個替代者，他將周圍的人一一篩選，又一一否決。有的人相貌堂堂，一表人才，看上去滿腹韜略，文武雙全，但這人沒有堅忍不拔的意志，沒有壯士斷腕的決心，危難關頭就會退縮，千鈞一發不敢向前。所以這個人不是成大事業者。有的人已經身居高位，擁兵百萬，但他缺乏自控能力，已經無數次證明，此人會為一己之利而倒戈，會為美色所誘惑。因而，這個人同樣不可靠……哦，難道先生死後再無先生，偉人已去世上再無偉人?!哦，這能不讓雪公失聲痛哭嗎？

許是跟隨孫先生久了，雪公身上多少沾染了理想主義的習氣。是的，他有時確實是一個理想主義者，至少在這件事情上是。他把故去的兩位先生理想化的同時，也把心中領袖的形象理想化了。其實世上並無完人，黃先生不是，孫先生同樣不是。只是他們比其他人更接近完美罷了。

我想說的是，有些人，雪公也許並沒有看透，或者說，他只看到了此人的那些缺點，而那些優點正好被這些缺點所掩蓋。或者說，他的那些缺點正是他的優點的一部分。就像手心和手背，互為表裡，不可分割。

這個人已經注意到雪公了。這也決定了兩個人後半生的是是非非，恩恩怨怨。這個人就是總裁。

【雪公自述】片斷

我在日本前後待了四年，中間有幾次短暫的回國。主要是受命孫先生的指示，辦一些重要的和不太重要的事情。不管是什麼事，應該說我辦得都很漂亮，這也是孫先生信任我的原因。當然，還有兩次我是和孫先生一起回國的，在上海、天津等地出版的報紙上，在刊登有孫先生照片的一角，細心的讀者會偶爾發現我的身影。

由於我經常請假，在我畢業的時候，日本陸軍士官學校頒發給我的一張肄業證。其實，得到肄業證的不只是我一人，蔣總裁當時得到的也是肄業證。

在日本，我最想去的地方當然是吳家，最想見的人自然是玉兒。四年的時間過得真快呀，唯一的變化是玉兒從一個有些瘦弱的小姑娘，已經出落成一個亭亭如立的少女，而且還帶有幾分風韻。我們的關係早已不是少男少女純潔的愛情，而是一有機會就如膠似膝的地下情人。許多地方留下了我們纏綿的痕跡和從體內排出的穢物。而鄰居家的狗們也許喜歡這種東西，它們總是沿著氣味的指引找到我們溫存的地方，隨後，氣味又將狗們帶到我和玉兒身邊。那些雜種先是在我們的腳邊嗅個不斷，在確定無疑之後抬起一雙半是驚喜半是迷茫的眼睛。我對玉兒說：這些雜種如果能夠說話，一定會說就是這兩個人幹的！

玉兒聽完後總是笑個不停。這種帶有淫蕩成份的笑，為一個女人平添了動人心魄的魅力。即使她不漂亮，也會令男人瞬間怦然心動，並有了勾引她上床的欲望。更何況玉兒又是如此美貌。這也成為我們之間的一個小小的祕密。在隨後的許多年裡，當我倆單獨在一起的時候，只要看到一隻狗在身邊轉來轉去，玉兒就會把這個笑話重新講一次。而我總是在她的講述和笑聲中，拉著她走進附近的酒店房間。這則笑話的確有著春藥一般的神力，瞬間讓我春情激蕩、心醉神迷。

四年後，當我從日本回到國內之時，吳家卻依然留在日本。這顯然是吳叔的主意，其意圖非常明顯，就是讓玉兒擺脫我這個人。這也讓玉兒痛不欲生。我只好安慰她說，等我在國內安頓下來之後，我就把她接回去，結婚、生子，然後與子偕老。應該說，我當時說的是真話，並沒有騙玉兒的意思。但後來我確實沒有兌現自己的諾言，原因是我一直居無定所。

從日本回國之後，我先在湖北督練公所任職，後又調陸軍部軍制司搜簡科任科員。這期間發生了一件影響中國命運的大事：武昌首義。這由革命黨人發起的起義，在我的心中重新燃起了希望。多少年來，我就像一個過冬的動物蟄伏了下來，並且一動不動。我差不多已經忘了自己革命黨人的身分，準備順著封建帝國那座古老而又破敗不堪的城牆慢慢往上攀登。在北平這個帝國的心臟，我還會見過幾個革命黨人，並邀他們在陋街深巷的小酒館裡小聚。我把這一切做得謹小慎微，以免有人抓住了把柄。

我這樣做是因為我還看不到革命成功的希望。這個封建帝國雖然已經腐敗潰爛，千瘡百孔，但它仍然像一個巨人一樣屹立在那裡，儘管你每時每刻都感到它的搖搖欲墜，但你不得不承認，它一時半會兒還不會倒下。而我們就像爬在它身上的蛀蟲，在夜以繼日地啃食它、撕咬它，用它的腐肉將自己餵得肚大腰粗，腦滿腸肥。我這樣做並非是另一種革命手段，或者說，是黨組織交給我的「祕密使命」。不，不，我並沒有接到此類命令，也沒有什麼崇高使命。我這樣做完全是出於自私自利。這也許就是人們所說的「末世心態」吧。世界已經走到了盡頭，人的最陰暗的一面很容易暴露出來。

其實，我說自己是依附在清廷這個腐爛的巨人身上的蛀蟲有點兒言過其實。當時我只是一個小小的科員，如果軍制司有油水的話，也輪不到我的頭上。然而，辛亥革命卻給了我一個賣命的機會。武昌的槍聲迅速驚動了清廷，軍機處下達的命令是，陸軍大臣蔭昌為司令，易乃謙為參謀長，率部前去平亂。蔭昌是個有名的滑頭，知道這是個吃力不討好的苦差事，於當晚找到我說：

「現正舉行秋季操練，抽調大軍頗費時日，我可不能即時出發。你是湖北人，地形熟悉，可帶兩個標（一個標即為一個團的建制）的兵力先去。我任命你為一等參謀。」

雖然被升了官，但我還是暗暗叫苦。這個時候的清兵將領除了打仗不會之外，其他什麼都會。所以在朝廷需要他們賣命的時候，這些人都當了縮頭烏龜。他們屢見不鮮的招數是讓手下的人去替他們賣命，仗打勝了，功勞自然記在他們頭上；打敗了，責任會推得一乾二淨。不過，我可不是傻子。瑞徵、張彪、薩鎮冰之流手中少說也有幾萬大軍，起義軍槍聲一響，他們都坐著兵艦灰溜溜地跑了。叫我率兩千多人前去平亂那不是以卵擊石嗎？但我又不能不去。不去，就是違抗命令，不死也得革職。於是，我答應奉命前去，同時我也向蔭昌這個老滑頭陳清了利害。蔭昌沉吟片刻，說：

「你只要守住黃河鐵橋，並在武勝關安營紮寨，阻止起義軍北上即可。攻打武昌之事，等大軍到了再作商議。」

次日，我只好率兵南下。所幸的是，黃河大橋安然無恙，武勝關同樣不見起義軍的蹤影。實際上，那些革命黨人正沉溺在勝利的狂喜之中。勝利來得太容易了，容易得讓人不敢置信。他們沒有想到，槍聲一響，張彪這個湖北提督竟夾著尾巴逃跑了，一同逃跑的還有湖廣總督瑞徵。沒有指揮官的清兵這時猶如驚弓之鳥，只是象徵性放了幾槍給自己壯壯膽而已。

隊伍開至黃陂祁家灣時，我命令停止前進，就地紮營。這兒離漢口不足五十公里，車程也僅有一個小時。此時，清廷下令海軍副大臣薩鎮冰率領的海圻艦也駛進孝感碼頭。海圻號是從安慶調過來的，自然比我們要快。我們兩個團的人馬剛到，一位姓李的軍官已經在祁家灣等候了。馬不停蹄的，我迅速來到海圻艦敬覲那位海軍大臣，沒想到瑞徵、張彪均在艦上。張彪急問我帶來多少人馬？我說，兩千。不用說，張是多麼失望。

隨後，瑞徵卻故作鎮定地說：「有此兵力已經足夠了，武昌的革命黨人本是烏合之眾，呼嘯而起，一切茫無頭緒。」又說，「嘩變部隊不過工程營一小部分，其餘步兵第三十二標，炮兵第八標，以及騎兵營、輜重營均未叛變。你帶兩標勁旅，由兵艦掩護，從陽邏方向渡江進攻，平定亂事，易如反掌！」

瑞徵這個人是典型的官痞，說起來頭頭是道，打起仗來臨陣脫逃。在陸軍部，在清廷的官場上，這種人到處都是。我見的太多了，也一臉的鄙夷。此時，這幫王八蛋想拿我去當炮灰？休想！我是斷然不會往火坑裡跳的。於是，當即反駁道：

「孤軍深入，乃兵家大忌。出發之時，萌總司令已有囑託，不敢違令渡江進攻。」瑞徵這時又擺起官老爺的架子來，道：「你等儘管執行就是了，一切由本都督負責。」

這時，我側頭看看了薩鎮冰，見他也是沉默不語，一臉陰沉。處境險惡，我也深知有人會落井下石。果不其然，張彪開始火上澆油，力勸我率部渡江，並列數某某部隊尚在營區待命，等待增援。

我已是怒不可遏，劈頭蓋臉地對張彪吼道：「既然武昌多數兵力未變，你為何不在武昌指揮定亂，卻臨陣脫逃，跑到兵艦上來呢?!」

張被我這迎頭一棒，頓時臉紅語塞。不過，這也讓他惱羞成怒，他指著我的鼻子說：「你，你……不肯渡江，還違抗軍令！我馬上電告萌總司令，恐怕你難逃畏縮不前，貽誤戰機的罪責！」

這個時候，我自然不肯示弱，正色說道：「你請隨便，萌總司令讓我鎮守武勝關，保衛黃河鐵橋。我現在就在執行他的軍令。」

說罷，我便退了出來，策馬回到祁家灣兵營。在那兒，已有好多軍官等候著我。見我一臉怒氣，忙問出了什麼事?我簡單地將瑞徵、張彪的話複述一遍。大夥聽後，一樣憤忿不平，有人當即就罵開了，有人甚至說我們先把這幫貪官汙吏殺了，再說打起義軍的事。當然說的都是氣話。

而我想到的是，隨即跟萌昌發個電報。瑞、張二人一定會惡人先告狀的。最後的結果果然不出我的預料，萌昌在接到我的電報不久，就接到瑞徵、張彪的電報。讓兩人失望的是，萌昌並沒有責備我的意思。所以，我只是原地待命就行了，武昌城的事與我何干？當然，我這樣做出於兩方面考慮：其一，我是同盟會會員，而武昌起義是革命黨人發起的。儘管我現在為朝廷做事，但心底裡我還是希望革命能夠取得成功。因為我深知清廷的日子已經不長了，目前只是苟延殘喘而已。其二，我手下區區兩千多人，與勢頭正猛的起義軍對抗無異於以卵擊石，我才不願白白送死呢。如果我做了急先鋒，就是不死，將來怎好向孫先生交待？在這風雨飄搖的時代，人要多長個心眼兒，為自己留一條後路。所以，目前之於我就一個字：拖。拖一天算一天。

這樣拖了十多天，萌昌率重兵才遲遲前來。戰事隨即展開。雖然清兵數倍於起義軍，然而一旦開戰，首先潰逃的卻是清兵。原因其實很簡單，起義軍是人人拚命向前，毫無畏懼，他們並不懼怕犧牲，也許他們心中有理想。有理想的人是可怕的，會置生死於度外。而那些清兵顯然沒有理想，他們只是皇帝的走卒，甚至連走卒都算不上，所以他們把性命看得比什麼都重要，只是象徵性地開幾槍，而且漫無目標。遭遇到生死攸關的時刻，他們就會臨陣逃跑。同時，這些底層的士兵，他們看到了太多的貪汙腐敗，太多的驕奢淫逸，太多的欺壓淩辱，所以他們徹底失望了，不會再為那些人賣命了。如果可能的話，他們甚至會掉轉槍口向他們的上司開槍。

當然，我曾經也是有理想的。而現在，我處於一種尷尬的境地。從心底裡，我希望革命軍能取得勝利，如果他們組成一支強大的力量，我會去投奔他們。現在，他們可能還很弱，一些散兵游勇，既不能與清廷抗衡也不能與軍閥對抗。起義軍中大多是一些十八九歲的學生。學生是最容易被利用和被喚起的，因為他們有理想。當他們看到自己的理想被朝廷扼殺的時候，他們就會奮起反抗。同時，他們是最熱血的一群人，他們的熱血尚未被現實所冷卻。他們的理想尚未被老婆孩子所拖累，他們沒有太多的顧忌。與此相應的，他們又是意志最為薄弱的一群，很容易氣餒，很容易被打敗，也很容易一蹶不振。他們中的一些人在經過血與火的洗禮後才能浴火重生，才能成為意志堅定、理想充沛、愈挫愈勇的精英。這些人畢竟是其中的一小部分，而他們中的極大部分則被現實所打敗，成為碌碌無為的芸芸眾生。

此時，我在隔岸觀火。看看形勢到底會向哪個方向發展，然後再作決定。這個時候，我是真正地腳踏兩條船。在到達祁家灣營地之後，我每天都派密探去武昌城裡打探情況。我獲得的情報是，起義軍正在城裡通宵達旦地慶祝勝利。這勝利來得太容易了，容易得連他們自己都吃驚。他們沒有想到清兵是那樣不堪一擊，也沒有想到槍聲一響，瑞徵、張彪這些人會抱頭鼠竄。他們當然也想到，朝廷會派重兵前來清剿，但十多天過去了，清兵遲遲未到，只是象徵性的派了兩千多人前來裝裝樣子，且駐紮在離城區一百多裡的地方，一槍未發。因而，起義軍大受鼓舞。一時間，不僅武昌城內有許許多多的青年學生前來加入起義的隊伍，全國各地也在紛紛響應，躍躍欲試。

當然，起義軍裡並不都是那些空想家，一些理想主義者，他們中還有一些實幹家，一些在日本陸軍士官學校畢業的軍官，這些人可沒有被眼前的勝利衝昏頭腦。他們沒有上街高呼口號，而是躲在屋子裡研究即將到來的生死決戰。他們設想清兵會從哪兒進攻，而他們又得如何佈防。他們清楚雙方力量懸殊，毫無勝算可言，但事已至此必須以死相搏！所以，他們必須比對手考慮得更為周全，必須以巧取勝，在對手沒有防備的時候發起突然襲擊。

他們的確做到了，至少開始的時候戰事完全按照他們預想的方向發展。當時，進攻漢口的是萌昌手下的王占元部。王是個養尊處優、大話連篇的傢夥，並沒有什麼作戰經驗。萌昌命他進攻漢口，他既不派人搜索偵察，也不派兵警戒，浩浩蕩蕩，率部乘車大步前進。行到三道橋時，被早已埋伏在那兒的起義軍打了個措手不及。其實，埋伏在三道橋的起義軍數量很少，總共不足一百人，而且多是剛剛接受射擊訓練的學生兵。由於他們躲藏在暗處，而清兵在明處。一通亂射之後，清兵頓時慌了陣腳，既不知子彈從何處打來，又沒有掩體可以躲避。於是，前面的人往後跑，後面的人往前去，兩邊的人往中間擠，一時間亂成一團。這時，一輛裝載彈藥的火車開了過來。士兵們紛紛跳上火車。然而，前方的鐵軌已被拆除，火車再也無法前進。四周仍然槍聲大作，而且越來越密集。那些躲在道路兩旁建築物、溝壑、廢棄物後面的學生兵一邊射擊一邊高聲歡呼。很顯然，他們並沒有把這次行動看成是一場戰鬥，而更像是一場校外狂歡。

在清兵這邊，指揮官則高聲地讓火車司機趕緊向後倒車。由於，火車後面緊跟著大批兵士，這突然的倒車，不僅造成一些人受傷甚至輾死了幾個人，還在一片驚恐中形成了更大的混亂。

更讓人意想不到的是，火車在倒退一公里後卻意外出軌了。原因當然是起義軍搗的鬼。在剛才火車開過之後，他們已經派人偷偷拆毀了十餘丈鐵軌。當車倒開至此，突然轟地一聲，向左邊一條水溝側翻下去。躲在車廂內的士兵又是一陣尖叫，不可避免地，又有一批人受傷。

更糟的還在後頭，當清兵驚惶失措地從翻傾的車廂內艱難爬出來時，迎接他們的卻是紛飛的子彈。可以想見，這又是一種怎樣混亂、痛苦的場面啊。有人哭，有人叫，有人喊爹，有人罵娘……

當然更多的人在抱頭逃竄，卻又毫無目標。

由於在這兒伏擊的起義軍不多，力量也十分分散，再加上他們壓根兒不想久戰。所以在胡亂地放過一陣槍之後，也就迅速撤離了。如果他們有足夠的彈藥，一定會給清兵造成更大傷亡。因為清兵完全沒有抵抗，一些像樣的抵抗都沒有，一副被動挨打的樣子。你很難想像這是一支大清帝國的軍隊，一支保衛王朝和民眾的軍隊，一支有組織成建制並經過訓練的軍隊。它是那樣羸弱、不堪一擊。它混亂、無序、且毫無戰鬥力。只要槍聲一響，它的士兵就會抱頭鼠竄，各自逃命。而它的軍官呢？這時同樣不知所措。也許軍官們想把部隊組織起來，想進行還擊，但遺憾的是，這個時候沒有人聽從指揮，任他聲嘶力竭地叫喊也沒有用。這個時候，他們惟一能做的就是遷怒於人。

事實上，他們的確是那樣做的。在一片久久地回蕩在天空的哀哭聲過後，官兵們這才發現，起義軍早已跑得不見蹤影。而他們周圍只有斃命的、受傷的、以及還在痛苦呻吟的同伴。當然還有慢圍過來看熱鬧的當地百姓。這些無辜的在城市邊兒種菜的農民此時卻成了替罪羔羊。活該他們倒楣，誰叫他們過來看熱鬧呢？他們必須為他們的幸災樂禍付出代價。

是的，他們確實在幸災樂禍。看到他們臉上的笑容了吧。很顯然，他們是樂意看到帝國軍隊慘敗的，繼而樂意看到大清帝國土崩瓦解的，看到皇帝被趕下臺的……可以一直往下聯想下去。聯想的結果是：他們死罪一條。

當然，不作這樣的聯想這些老百姓也得死，因為他們看到帝國軍隊的潰不成軍、狼狽不堪，被起義軍打得落花流水。他們會將看到的一切當作笑話講給別人聽，多少年之後，他們還會講給兒子、孫子聽，且這麼一代接一代講下去。這對大清帝國將是多麼大的恥辱。所以，他們必須死，只有這樣才能把帝國的屈辱一同帶進墳墓。

當時，王占元部給這些農民定下的罪名是偵探。一共有十四個人。暫由參謀部看管。參謀長易乃謙把我叫到跟前，要我對這十四個人審訊後拿出一個處理意見。啊，這是一個燙手的山芋。我只要看上一眼就知道他們無罪。這些可憐的農民，所有的無辜都寫在他們貧窮的臉上，根本無須什麼審訊。所謂審訊，就是給他們加上「莫須有」的罪名。我在心裡暗暗叫苦。良心不允許我給這些人貼上「有罪」的標籤，那會讓我的靈魂一輩子都不得安寧。但我還有第二條道路可供選擇嗎？沒有。

我惟一的選擇是，讓手下的人來充當這個「劊子手」。我本可以選擇湖北人來幹這事，但我最終還是挑選了兩個河南人。這是我那小小的私心在作祟。在我的固執的觀念裡，河南人應該是與粗野、骯髒、欺騙、殘暴、貧窮等等相伴的。讓這種人去幹壞事自然是再好不過的了，同時把污水潑在這種人身上多少有點兒心安理得。再說河南人又是最好的執行者，他們有時不問青紅皂白去執行上級的命令。

然而，我想錯了。那兩個河南人，看上去粗魯、傻乎乎的外表下有一顆精明、聰敏的心。他們對那十四個人進行了審訊，然後對我說，他們並不是什麼偵探而是老實巴交的菜農。我當時憤憤地反問了一句：

「菜農就不會通風報信嗎！？」

「他們並沒有通風報信，他們只是在那裡看熱鬧。」

他們並沒有為這些人辯護，他們陳述的只是實情。當然我卻氣得臉紅鼻子歪。這兩個該死的河南佬，難道他們就不明白我的意思嗎？就不明白上面的意圖嗎？我喋喋不休地發出心中的怒火，語無倫次、邏輯混亂、東扯西拉，就像一隻剛被關進籠子裡的獅子，明明籠門敞開著卻視而不見、橫衝直撞，卻硬要撞開鐵欄從那裡逃走。開始的時候，那兩個傢夥呆若木雞地站在那兒，一臉茫然地望著我，就像一個傻瓜在看著另一個傻瓜。後來，他們終於從我雜亂無章的吼叫中明白過來。

「你明白什麼了？」我對著其中一個面帶微笑的傢夥問道。

「也就是說，我們認定這夥人是偵探、奸細，但他們不承認，死不認帳……」那個傢夥得意洋洋的答道。

「嗯，但還不夠。」

「只能這樣了，讓軍法處那幫傢夥去處理吧……隨他們怎麼處置都行，但我們只能做到這些。否則……我們會良心不安的。」這個狗娘養的聰明的河南人。我顯然低估了他。至少他一點兒不比我們傻。

「那你寫個報告來。」我的怒火已經消褪了。

軍法處那幫傢夥可不是吃素的，不用說，他們經過一番所謂的審訊後一古腦將十四個人全斃了。於是，王占元甚至萌昌的這次失敗有了很好的解釋。不過，軍法處在槍斃這些人之前，還是在萌昌面前告了我一狀，意思是我為這些奸細開脫罪責。萌昌隨即把我叫到跟前，斥責我辦事不力。

而我說這事大夥都心知肚明，明明是王占元臨陣失利，卻要開罪百姓，遷怒於民眾，為自己找一個臺階下罷了。

「就你聰明！」萌昌已是怒不可遏。

萌昌當然不是笨蛋，他儘管打仗不行，但他卻精於官場那套遊戲。再說，作為此次平亂的總指揮，為部下王占元開脫罪責也就是為自己開罪。這道理誰都明白。而我顯然說得太多了。我也應該跟其他人一樣裝聾作啞。戰爭期間，誰會把老百姓的性命當回事呢？那些士兵不都是被蠱惑著或者是被槍逼著往前衝的嗎？打死了算你活該，沒被打死算你命大。有人說，將軍的功勳都是士兵的累累白骨堆成。這話放在任何時候都是沒有錯的。更何況是一些普普通通的平頭百姓呢。

為那些百姓說話，在當時既不合時宜又顯得愚蠢至極。我後悔了嗎？當時確實有點兒後悔。一個人的鐵石心腸並不是生下來就是的，它必須經歷過一些大事，一些刻骨銘心的大事，這樣你的心腸才會慢慢變硬，變得像一塊鏽鐵那樣冷若冰霜，像一塊石頭那樣冥頑不化、不可救藥。至少在那個時候，我還沒有變得不可救藥。因為我經歷的事情還不夠多，還沒有看到足夠多的殘酷的、血腥的、屍橫遍野的場景。不過，我會很快經歷這些的。先是北伐，接著是軍閥混戰，後來是抗日戰爭，最後是三年內戰。參戰的人數在增加，武器在更新，戰事一次比一次慘烈，場面一次比一次血腥。那真是人間地獄，而我們則是從地獄逃出來的魔鬼。所以別跟我們談什麼人性、憐憫、同情心。所以，我們掛在嘴邊的一句話是「山頭拿不下來，我要你的腦袋！」還有一句話是「我不管死了多少人，我只要陣地！死再多的人也要給我把陣地守住！」一寸山河一寸血！你以為這是一句玩笑話嗎？只有過來人才知道那是真實的寫照。這也就是為什麼後來在洪湖、大別山清剿共產黨時我下令殺了那麼多人，燒了那麼多老百姓房屋的原因。是的，那個時候的我就是魔鬼。或者說我心中的魔鬼已經出籠，而我的天使則退位了。前幾年，一位作為外交官的波蘭詩人叛逃到西方，成為一件轟動全球的事件。那個傢夥的書在臺灣也有出版，我平時不看書，但這次我去買了一本。書中有句話讓我印象深刻，他說，歷史是由魔鬼操縱的，誰想聽命於歷史法則，誰就得跟魔鬼達成契約。

不用說，萌昌他們已經與魔鬼達成了契約，而我當時還不想與魔鬼打交道。在與萌昌爭執幾句之後，我心中明白，這兒我是待不下去了，總有一天，他們會像處死那些無辜的菜農那樣，在我頭上安上一個「莫須有」的罪名，然後讓我死不瞑目。

平亂初戰失利之後，攝政的醇親王知道萌昌是個草包，不能有所作為，即召萌昌等人回京，接著派袁世凱為欽差大臣，節制海陸各軍，到孝感督戰。而這個時候，起義軍士氣高漲，全國各地的青年人又紛紛響應，有人竟不遠萬裡來到武漢，投奔在起義軍旗下。起義軍迅速發展壯大，從最初的幾百人一下子發展到一萬多人。那段日子，武昌城變成了歡樂的海洋，人們奔相走告，熱情似火。就連那些起義軍將領們也被勝利沖昏了頭腦，他們甚至覺得會以摧枯拉朽之勢，一直打到北平去，推翻封建王朝，然後建立一個民主、自由、平等、共和的新國家。

這些人顯然高估了自己的實力，袁世凱來到孝感之後，另一個大軍閥馮國璋就開始對武昌進行狂轟濫炸。袁世凱和馮國璋均不是善良之輩，他們以殺戮聞名於世。袁早年就是以鎮壓兵變而享譽朝鮮。兩人都是心狠手辣的傢夥，視他人的生命如草芥。在武昌城，只要他們覺得可疑的地方，即便沒有起義軍的影子，他們也會狂轟濫炸。一時間，武昌城到處哭聲陣陣，哀鴻遍野。而這些北洋兵不僅不會住手，反而趁火打劫，暗發橫財。

面對在數量上、裝備上，遠遠勝於自己的對手，起義軍遭受了嚴重的損失，一些學生兵，還有一些前來湊熱鬧的年輕人趁機逃跑了。那些剩下的人則選擇了突圍。武昌隨即陷落，這場轟轟烈烈的革命到此結束。而我也成了孤家寡人。

第四章

雪公與張家小姐初次見面的情景。跟富豪妻子上床。在雪公結婚的次日，玉兒從日本歸來。娶錯了女人，這成了雪公一生的痛。

我的生活

有兩天時間我把表叔留在小鎮上，一個人回縣城處理一件急事。說是急事，其實是我和另一個女人之間的事情。這是個有夫之婦，丈夫在工廠倒閉之後去南方打工了，由於女兒在本地上學，為了照顧女兒的生活，她不得不待在家裡。

不可否認，這是個漂亮的女人。不論臉蛋還是身材都能勾起一個男人性的欲望。上床之後你會發現她又是多麼地粗俗，尤其是對一個文化人來說，每一句話似乎都得不到正確的回應。所以，這也是我竭力想擺脫的女人。問題是她在這一點上又很聰明。你休想擺脫她。

她打電話叫我去的原因是她打麻將輸了錢。多少錢？幾百。到底是幾百？八百塊。我當然不能給她八百元。掏出錢夾正在清點裡面的錢時被她笑著一把奪了去。我來看看裡面有多少？她說。我試圖要回來，她卻撒嬌似的死活不讓。後來她清點完畢，共有六百三十五元。她拿了五百元，將剩餘的還給我。

後來我們做了愛。看上去她更享受那種事。但我不能在她那兒過夜。晚上十點她上中學的女兒會回來。

我們什麼再見面？她問。

不知道。我懶洋洋地說。

不知道？擺什麼臭架子？告訴你追求我的男人正排著隊呢。你曉得的，我是最討厭排隊的了。

表叔的講述

有那麼幾年，雪公過著居無定所的日子。他先是投奔山西巡撫吳祿貞，在吳被刺之後，又輾轉到上海投奔到黃興麾下。隨後黃興又任命他為其駐北平的私人代表。這期間差不多有三年時間，在這段時間裡，雪公有機會接觸袁世凱。也就是這段時間，他見證了袁從內閣總理到民國總統再復辟當皇帝的全過程。袁也多次想拉雪公在自己身邊做事，但雪公最終還是婉言謝絕了。其原因說來真是古怪，因為他不喜歡楊度、袁克定等人。他們都是些野心勃勃的傢夥，在這些人身邊，雪公感覺到某種危險。這是雪公後來對我說的。我覺得這是他的真實想法。從某種程度上講，雪公也是一個野心家，所以他對那些心懷野心的人總是保持警惕的，就像一隻狼看到了潛伏的對手。是的，雪公就是一隻嗅覺敏銳的狼。它們靠直覺行事。它們也異常相信自己的直覺。直覺會告訴它此地是否安全此人是否危險。

可以假設，如果不是楊度、袁克定等人，雪公也許早就屁顛顛地跑到袁世凱陣營裡去了。試想，誰能完全拒絕一位權傾天下的人物的邀請呢？雪公肯定反復思量過，儘管事後他並不承認這一點。什麼我一眼就看出袁世凱是在開歷史倒車，是不會有什麼好下場的。這都是屁話，一些馬後炮，一些欲蓋彌彰的謊言，一些自欺欺人的先見之明。你信嗎？我才不信呢。

一個人若是成了歷史罪人，那些此前與之交往的人總是千方掩飾萬般開脫。這是那些無恥政客和媚俗文人一貫的伎倆。我的侄兒，在這一點上我並不是在給雪公抹黑。我只是說出了真相。我愛雪公，可以說沒有他的幫助也就沒有我榮華富貴的一生。但愛一個人與說出真相是兩回事。說出歷史真相既是對雪公的尊重，也是對後人的尊重。話又說回來，即使他幹了一些壞事也不影響他在我心中的形象。你是作家，如果你照我說的寫那也沒有關係。如果你顧及我們家族的名聲，省略這段不光彩的歷史，或者說儘量寫得委婉、含蓄，我是不會責怪你的。這是你的權利，也是你的自由。但是別忘了，你想告訴人們一個真實雪公的話，那就不該使用所謂的修辭手法，更別故意裝聾作啞，欲蓋彌彰了。

我之所以這樣說，是因為我懷疑雪公參加了袁世凱的登基儀式。他可能受到了邀請，不論是作為黃興的代表，還是作為特殊嘉賓。他極有可能去了，儘管他一直對此諱莫如深。否則，他不會對當時發生的事情那麼熟悉，瞭解得那麼細緻如微。是的，他跟我多次提到那個場景。當然是懷著對袁公子的憎恨才講的。雪公說，當時大軍閥段祺瑞、馮國璋來到金鑾殿參拜袁世凱的時候，一邊喊著「吾皇萬歲！萬萬歲！」一邊準備下跪。袁世凱卻馬上迎上前去，說我們都是老弟兄，這個禮就不要講了。並雙手恭謙地將兩人扶起來。隨後，當段、馮二人來到袁克定面前，喊著「老臣為太子請安」，並一頭跪下時，袁克定則傲慢且又派頭十足地說道：「起來吧——」每次，雪公講到這裡時，總是忿忿不平地罵一句：「你看看，這袁克定是不是個東西?!」

這三年時間裡，還發生了一件讓雪公啼笑皆非的大事，也就是他的婚事。可以說，雪公一直沒有放棄跟玉兒結婚的願望。儘管兩人天各一方，不過他還是不斷地給玉兒寫信。在信中，他甚至暗示玉兒離開日本、離開父母來到他的身邊。可是，他一直沒有收到玉兒的回信。他把玉兒的不回信看作是她不願離開自己的父母的原因。其實，玉兒壓根兒沒有收到他的信，那些信都被她的父母扣了下來。

在苦苦等待無果之後，雪公似乎是徹底失望了。也就在這時，他打算結束自己的單身漢生活。再說他已近三十歲了。儘管他身邊從不缺少女人，但那些女人，他一個也看不上。要麼他跟她們逢場作戲，要麼在睡了一覺之後，給了錢讓她們滾蛋。一時間，他成了真正的「鑽石王老五」，提親的人踏破了門檻。後來雪公挑選了一位天津富商的千金。做媒的人說，這位千金集美貌、聰明、機靈於一身。但對方沒說這個女孩嫺靜。事後證實，我的這位嬸娘確實是個美人兒，而且能說會道。但她並不安靜，且有些胡攪蠻纏，說話做事一副莽撞的樣子。這顯然是不適合雪公的，對於一個喜歡沾花惹草，並且還是一位終身情人的風流男人來說，這樣一個女人讓他深受其苦。

儘管當時媒人說得天花亂墜，但雪公仍然堅持在確定關係之前見上一面。我想，雪公是怕娶一個醜八怪。他是一個死要面子的男人，他把女人的美貌看得比其他品德更重要。但人家一個大家閨秀，在沒有正式訂婚之前，又怎麼好意思與一個陌生男人見面呢？媒人顯然非常為難。這位媒人是一位富商年輕貌美的妻子，而雪公又是這位富商的座上賓。在飯後茶餘，只要不是人多的場合，那位富商妻子就會一而再再而三地向雪公提及那個女孩。這是一個精力充沛而又無所事事的女人，她把促成這段婚姻當成一種消遣，也當成近期生活的目標。

在對方死纏亂磨之下，雪公特地安排在天津衛一家有名的玉器店見面。具體的做法是，作為閨蜜，富商妻子邀請那位千金小姐陪她去逛玉器店，而雪公則在櫃檯後面的屏風裡偷偷看一眼就行了。而實際情況卻發生了戲劇性的變化。當兩人走進玉器店時，櫃檯後面的掌櫃不是別人，正是穿著長袍馬褂的雪公。而真正的掌櫃則躲在屏風後面去了。

原來，當兩人走到店門時，雪公已經看清了那個貌美如花的女孩，於是靈機一動，讓掌櫃跟自己互換了位置。富商妻子斜眼看著雪公，然後「噗哧」一笑。從雪公笑咪咪的臉上，以及色迷迷盯著女孩的眼神裡，媒人也就看透了對方的心思。而這一切，女孩並不知情，她的那個閨蜜事先壓根兒沒有提會面一事，此事只有雪公和富商妻子知曉。

見此情形，媒人笑著高聲對雪公說：「掌櫃的，把你店裡上好的緬甸玉的耳墜給我們推薦一副。」

「好吶。」雪公一邊笑著回應，一邊裝模作樣地介紹玉器的品質，比如，綠色代表青春，紅色代表熱情，白色則代表純潔。雪公在講述時眼睛仍在千金小姐身上睃巡。那位小姐顯然被看得有點兒不好意思。

我已經說過，雪公是個見過世面的人，又是個天生的玩家。在他手中經過的金銀珠寶多著呢。他掃了一眼櫃中的陳列品，然後挑選一副色彩翠綠、光滑飽滿、冰雪透明的上品耳墜遞給對方手中。富商妻子伸出纖纖玉手接過來，驚歎道：「哇，真是好東西！」

「客官何不戴上試試呢？」雪公繼續笑道。

女人隨即取下那副紅色的耳墜，換上這副綠色的。然後到那方大鏡子面前左照右看。不過，她並沒有冷落自己的同伴，笑著問她的閨蜜：「怎麼樣？」

千金小姐也許是意識到掌櫃的一直在看著自己，不想這一問竟滿臉通紅，有些不好意思地輕聲回答：「好看。」

「那我就要了，麻煩掌櫃的幫我把那副舊耳墜包好。」之後，也不付錢，轉身走出了店門。臨到門口時回頭對雪公意味深長地一笑。

事隔多年之後，雪公給我講起這段經歷時，又好笑又可氣。笑的是他和那個女人像模像樣地演了一齣戲；可氣的是，那個富商妻子，一個富得流油的女人竟毫不客氣拿走了一副價格不菲的耳墜，而這，無異於趁火打劫。雪公解釋說，自己並不是一個小氣的男人，事後也會備下厚禮謝媒的，但那是在他心甘情願的情況下，而他不喜歡的是對方的這種方式。

後來……雪公在這兒卻意味深長地停頓下來。接著是仰面大笑。我以為……他還會責怪那個女人貪得無厭。沒想到，他竟說在此後不久，一次偶然的機會，當那個女人單獨和自己在一起時，他一把將她按在床上，似乎是帶有報復性地幹了她。只一次，當這個女人後來再向他求魚水之歡時，他便拒絕了。

【雪公自述】片斷

我敢保證，我和那個富商妻子只上床一次。儘管那位富商已經五十開外了，但那個女人卻只有二十多歲，甚至比我的年齡還小。看得出來，她當時很享受那事。而我卻有些粗魯。這在之前甚至是之後都不曾有過的粗魯。我自覺是那種文雅的男人，不僅在穿著上就是在行為上同樣是很講究的。我這種人很看重別人對自己的評價，有時把聲譽看得比生命還重要。這是我的優勢也是我的弱點。我對戀愛的態度亦是如此。我不會強迫一個女人跟我上床，哪怕我當時有多麼強烈的願望。即使她假裝拒絕我也會立馬放手。我甚至把上床做愛當成是兩個人戀愛到沸點時自然而然的事情，是雙方互為需要，是精神力量尚不能滿足時肉體的本能反映。我這種想法是多麼幼稚可笑啊。尤其是在二十世紀六十年代西風東漸的今日臺灣，年輕人看到這裡一定會笑掉大牙。但我不能不這樣寫，因為那是我真實的想法，那才是真實的自己。

當時，我拒絕和那個富商妻子上床是因為我已經全部將心思轉移到那位未來的太太——張家大小姐身上。應該說，我已經看出了某種危險，即是我繼續和那位媒人上床的話，她會出於嫉妒、醋意，或是長期保持關係的想法，將我和張家大小姐拆開。不是有人說過，上帝在打開一扇門後將隨手關上另一扇門嗎?的確是這樣。有一次，當我讓她安排自己和張大小姐見面時，到來的只有她一人。而且，她一上來便緊緊摟住我的脖子，兩條腿緊緊地夾住我的胯部。這是一個處於發情期的女人慣常的表現。我一下子就明白了她那可惡的伎倆，一把將她推開，甩手推門而出。只聽她在身後惡恨恨的罵道：

「男人們都是些忘恩負義的畜生。」

我沒生氣，反而開心一笑。這麼說，她已經完全放棄了幻想，我也從此獲得了解脫。但我也同時擔心她不再熱心我和張家那門親事了。事實的確如此。我和那個女人開始了長達三個月的「冷戰」，三個月裡，我們經常在社交場合見面，相互之間的問候儘管彬彬有禮同時又冷若冰霜。那情形就像是結婚不久的小倆口在鬧彆扭。有那麼幾次，我差點兒懇請她安排我和張大小姐見面，但話到嘴邊又縮了回去。這其實是個操控與反操控的問題，有時是美色的誘惑，有時是酒精的作用，有時又是出於虛榮心、驕傲等等原因，我們心中的防線瞬間崩潰了，說出了我們後悔莫及的話來。因為我們是人，人就難免犯錯誤，難免一時衝動，尤其是男人。好在這次我控制住了，因為我明白那樣做會適得其反。當然，她也同樣在等待我率先開口求她。雙方就這樣僵持了三個月之久。

在無計可施的情況下，我只好尋找一些理由，親自到張府拜訪。當然，我約見的人是張大小姐的父親。當然，其父既是一個精明的商人，也是一個明白事理的慈祥老者，在和我禮節性的交談幾句之後，借機有事迴避，讓他的女兒和我單獨在一起。

開始的時候，我總是小心翼翼的試探著向前邁進。先是在她的住宅周圍散步，也是在她那位肥胖的母親視線之內。這個只有十八歲的小女孩的確沒有見過什麼世面，也沒有讀過幾本像樣的書籍。但她表現出強烈的好奇心和求知欲，當我講述自己在日本的所見所聞時，她總是驚訝得張大著嘴巴並露出甜蜜的微笑。還有一點不得不說明的是，在我們這些舞槍弄棍、走南闖北的男人眼裡，這個世界充滿著危險和動盪不安，而她卻覺得天下太平、生活恬靜。儘管她出生在大都市里，卻生長在深閨裡，見過的人接觸的物事都非常有限。看得出來，她的生活不是由父親而是由母親安排。而她的母親則嚴格恪守著「女子無才便是德」的祖訓。

而這同樣不能怪罪她的母親，這個女人同樣沒有見過多少世面。她的父親在外面另有女人，而且不只一個。這是公開的祕密。這個女人，她已經不可能管住自己的男人了。那麼她只好把心思放在女兒身上。而那個女孩十七八歲，正是處於叛逆時期。在我面前，或是在公開場合，她表現出一副乖乖女形象，一個受過良好家教的淑女形象。那是她的偽裝，是假面具。在她的母親面前，她叛逆的天性暴露無遺。有時，當她的母親已經看不到我們的身影，而她的女兒兩個小時後才興高采烈地回家的時候，母親總是厲聲質問她和那個男人去哪兒了？怎麼這麼長時間才回家？而她的女兒則充耳不聞，仍然唱著歡快的小調，像一隻快樂的鳥兒一樣飛過樓梯，然後飛進自己的閨房，任憑母親在外面大喊大叫。

而更多的時候，她對母親的幹預會給予有力的回擊。在母親對她大叫大嚷的時候，她用更高的嗓門同樣對母親大嚷大叫。她掛在嘴邊的一句話是：

「你別再管我的事了！我自己會管好自己的，請你放心！我已十八歲了，不再是個小孩子了！」

而她的母親同樣毫不示弱，在女兒關上房門之後，她仍在門外喋喋不休。不過她總是重複著那些老生常談，說她儘管十七八歲了，卻仍是個不懂事的孩子。而對方卻是一個比她大十歲的男人，誰知道他安的什麼心打的什麼主意？

「媽媽，你別再囉嗦了好不好？我的耳朵都聽得起老繭了。我們已經訂婚了。他還能安什麼心?!」女兒的回答針鋒相對。

當然，母親不會善罷甘休，她會說，訂婚後你就應該在家裡待著，等著對方抬著轎子來迎娶你，而不是瘋瘋顛顛的跟他到處亂跑，成何體統?!

作為對母親的反抗，她更加變本加厲。有時候，她甚至會要求我帶她去看一場電影。如果有地方唱戲，那是她的最愛，不管是京戲、越劇、豫劇，甚至是河北梆子。她都看得如醉如癡。我甚至逗她說，你這麼愛戲我找位師傅教你唱戲如何？她驚訝地望著我，說：「真的？」後來，我托熟人找到一個戲班，帶著張大小姐去看他們演功。這是一個進京多年的徽班，在北京城闖蕩得已經有些名頭。裡面最有名的是一個叫餘三勝的湖北老鄉。我曾試探著問餘老鄉願不願意收下張大小姐這個徒弟？當時，這些戲班都在尋找軍界的官場的商界的靠山。對方看了看我這份行頭，似乎覺得我是個來頭不小的人物，於是說道：如果大小姐願意屈尊，那將是我們的榮幸。

事到臨頭，張大小姐卻畏怯了，連連擺手說：「不，不……我不是唱戲那塊料，只是喜歡聽……謝謝余師傅好意。」

在回家的路上，她笑著對我說：「我是說著玩的，你怎麼當真了呢？」

我開心地一笑，順勢握住她的手，討好地回道：「你說的話對我來說就是聖旨，怎敢怠慢呢。」

這是一雙很柔軟的手，握在掌心有一種絲綢的感覺。開始的時候，她微微掙脫了一下，但我並沒有鬆開，她也不再堅持了。其實，她最打動我的是那張嘴唇，很小，紅紅的有點兒外翻，就像曠野裡一朵盛開的花兒。不經意間，你可能會錯過。一旦你真正注意到它了，你心中便會陡生憐愛。

我渴望親吻這朵花兒，並渴望在口中留住她的芳香。但我知道這同樣不能著急。這是一隻容易受到驚嚇的小鹿。有一句話說得好：心急吃不了熱豆腐。每時每刻我都在跟自己的內心搏鬥，跟自己的衝動搏鬥。我的內心在說：衝上去，將她整個兒吞下！可我的理智卻讓我別急，千萬不能急，欲速則不達。那段時間，我將玉兒暫時忘記了。這個女孩佔據了我的整個心間。我們見面的日子越來越頻繁，真有點兒一日不見如隔三秋之感。不僅是我，她也是如此。我是個地地道道的享樂主義者，這一點一輩子也沒有變過。口腹之欲，美色之欲，名利之欲，都是我一生所追求的。我想要的東西太多了，多得到頭來我自己都不知道到底該要什麼。我就是那個一頭撲進欲望之海的人。但海水卻是越喝越渴的。

後來，幾乎是水到渠成的，我將嘴唇印在她的唇上，將舌尖在她的口中探索。開始她是那樣羞澀，後來又是那樣饑渴。再後來，我把她帶到家中，帶到床上。在驚奇和痛楚中進入了她的身體。整個過程充滿著她痛苦的呻吟和歡樂的淚水，當然還有我粗重的喘息聲。

在那年的冬天，我們如期舉行了婚禮。開始了我們長達五十餘年的漸行漸遠的夫妻生活。也就在我們結婚不久，玉兒從日本回來了。這時我發現自己犯下了一個嚴重的錯誤，在內心裡，我真正想與之結婚的是玉兒而不是眼前這個女人。玉兒是那種有知識又睿智的女人，這樣的女人才不會讓男人乏味。也就是說，張大小姐所有的一切是一望而知的，就像擺在桌面的珠寶。而玉兒則是曲徑通幽的礦藏，需要你去不斷地探尋。

那時，我的老婆已經懷上孩子，而且妊娠反應非常強烈。她不停地嘔吐並脾氣暴躁。當我開始跟玉兒約會並藉口公務繁忙時，她一下子變得疑神疑鬼。只要我回家晚了，她就會跟我吵架。這個女人吵架的工夫堪稱一流，她還翻出老底，說她第一眼見到我時就知道我是個花心男人，因為當時我兩隻小眼睛總是賊溜溜地圍著她身上轉。我在她面前總是理屈詞窮，或者說我壓根兒不想與她爭吵。無奈之下，我突然暴跳如雷，衝著她怒吼道：

「你給我閉嘴！」

莫說這一招往往管用。她真的閉上了嘴巴，而且眼淚汪汪地回到裡屋去了。如果你覺得她屈服了那你就錯了。她會把自己鎖在屋子裡一整天，不吃不喝，不聲不響，仍誰敲門就是不開。正是這種天不怕地不怕的性格使得她後來我在濟南被日本兵扣留後，她隻身來到日軍軍營救我脫險。她這一壯舉甚至贏得了蔣夫人的讚賞，也使得許多男人對她肅然起敬。

真是陰差陽錯。說來誰也不信，玉兒這次回國原本是打算和我廝守到老的。如果她早一個月回來，我就不會跟張大小姐結婚了。但世界上的事就有這麼巧，恰巧在我結婚之後她才回來。現代年輕人會說，結婚了還可以離婚呀。但那個時候，我在她的父母面前作過承諾，要與她相守一輩子。現代人把這種承諾看得非常輕。而我們那個時代的人卻把這種承諾看得非常重。一諾千金。這也是那個時候許多夫妻其實已經沒有感情了，家庭已經破裂了，有的甚至成天爭吵、打架還要在一起的緣故。因為他們當初作過這種承諾。還有的家庭更慘，丈夫殺了妻子，或是妻子殺了丈夫，真是恨到極點，但他們就是不分開。也是因為他們有過這樣的承諾。

要說我與夫人之間沒有一點感情了，那也是假的。只是誰多誰少的問題，三七開吧，玉兒占七成，夫人占三成。後來我們就把那份愛轉移到孩子們身上了。我們都溺愛孩子，尤其是我。我們的第一個孩子是個女孩，非常乖巧、聰明、討人喜歡的女孩。能說會唱，在外面遇到再不開心的事，回家見到她都會煙消雲散。她常常會騎在我的脖子上，還會爬在我的背上為她「做牛做馬」。這些都是我樂意做的。

對於我外面有女人，夫人憑藉的是一種直覺，並沒有什麼真憑實據。而女人總是憑直覺行事的。她們也非常相信自己的直覺，尤其是夫妻之間。但對於旁邊的夫妻，她們的直覺往往遲鈍而可笑。這也難怪，她們看到的往往是表面現象。當然兩者是有區別的，對於前者，她們往往用心去體味，對於後者，她們則用眼睛來觀察。不用說，眼睛往往是可以騙人的。記得有一段時間，夫人總是喋喋不休地說，某某男人對自己的女人如何如何好，一起逛街，一起出席宴請。那男人跟自己的老婆買了多少首飾、買了多少衣服。兩人上街的時候，男人對女人是多麼體貼，幫著拿提包，攙扶著上下臺階。你看人家兩口子是多麼恩愛，而你現在都不認真看我一眼了。

聽到她的抱怨後，我總感到好笑。她說的那個男人我是熟悉的，也清楚他們的底細。因而我告訴她那一切都是假的，是裝出來讓你們這些傻瓜看的。這個時候，她會勃然大怒，說我自己在外面拈花惹草卻往人家身上潑髒水。我不跟她爭論，只是笑笑。後來有一天，東窗事發，那個女人跑來向她哭訴丈夫的不忠和自己的不幸時，她才恍然大悟。

我把玉兒安置在一條僻靜的小街上。在北平這座偌大的城市裡，安置一個女人就像往大海裡扔下一塊石頭。那是一座古老庭院，屬於某位八旗子弟的遺產。就像許多故事講的，那是一個吃喝嫖賭的紈袴子弟，由於好賭最後不得不變買家產。這座小院便是他變買的家產之一。我也好賭，但我能克制自己，一句話，還沒有賭到變買家產的地步。我的一生中有幾次大的賭博，最重要的一次就是在奉天陪張少帥打牌。從金錢觀念上說那次我是輸了，但從我的人生乃至中國這個大牌局上講我才是最大的贏家。一局贏天下，那局牌促成了「東北軍易幟」，將東北軍拉進了國民政府的管轄之下，既而成為一支重要的抗日力量。你說賭的大不大？是的，我這個人從來是不計較小的輸贏的。從大局著眼是我的行為指南。

把玉兒安置在那裡之後，一段時間裡，我幾乎天天都去。有時我們會火急火燎地繾綣一番，有時卻像兩個無欲的清教徒，或是面對面地憑窗而坐，或是肩並肩地倚欄而立。而我們的眼前或是天井上方那片狹窄的天空，以及天空中偶爾飛過的鳥兒。

我必須承認，現實中的玉兒並沒有我想像中的完美。在我的想像中，玉兒的形象總能激起我的情欲，所以無數次，我總是急切地趕到她的身旁。同樣是無數次，當我面對她本人時，情緒會一下子跌落到冰點。這就是為什麼到了晚年，當玉兒已經離開多年，我在獨處的時候，會對著並不存在的玉兒說話。開始只是在心裡默默地說著，後來在周圍無人的時候我會大聲說起來，到了最後，在半夜裡睡著了之後，我也會不自覺地同玉兒說著夢話。而夫人總是一腳將我踹醒，毫不留情地說我吵著她了。我想她之所以對我如此粗暴，那是因為她聽出我心中另有一個女人。而這個女人也是我至生至死都魂牽夢縈的。

說來真是奇怪，玉兒從來沒有要求我離開自己的老婆而同她結婚，她也不讓我娶她做二房。她說，你只要心在我這兒就夠了。

我的心在不在你這兒，你難道不知道嗎？

是的，我知道。

第五章

表叔尋找往日的舊愛，無果而返。雪公常常自言自語，初現精神分裂。遊說王永泉將軍，讓革命軍有了喘息之機。去往福建的船上，步步驚心。

表叔和我

表叔說，這條府河應該還有一條支流，它從大洪山脈婉延而下，在隨州城南十餘公里的地方匯合了，然後一同不舍晝夜地奔向長江，奔向大海。

表叔說，那條叫做溳水的支流上有許多風光旖旎的小鎮，這些小鎮就像顆顆珍珠鑲嵌在白色如練的溳水邊。先是環潭鎮，接著是安居鎮，再往下就是淅河鎮。在我們那個時候流傳著一句話：環潭的房子，安居的娘子，淅河的婊子。環潭鎮有許多大戶人家，有幾個在外做官，但更多的是商賈人家。他們賭氣似的在家鄉蓋起了深宅大院，式樣也是五花八門，有徽派風格的，有江南庭院風格的，甚至還有西洋城堡式樣的。一戶比一戶漂亮，一座比一座豪華。安居的女人特別漂亮，也特別熱辣。這是水與火兩種互不相容的物質的混合體。也就是說，她們有水一樣潤滑細膩的肌膚，卻有一股火辣的脾氣和滾燙的心。這樣的女人自然風情萬種，迷倒南來北往的孤寂的男人。因而那些在溳水上做生意的客商，往往願意在安居停留下來，一住幾個月甚至幾年，直到金錢散盡，年華老去。

噢，安居女人並不像淅河鎮那些煙花女子，和某個男人圖一時歡娛，然後各奔東西。安居女人會像水蛇那樣糾纏在男人身上，像女妖那樣俘獲男人的心。一個外地商人要想搭上安居女子必須先在這兒住下來，然後花上十天半個月的功夫在深巷里弄尋找，在無數次有意無意的擦肩而過和大膽含蓄的對眸而視之後，雙方開始頻頻約會，然後是討價還價，最後是掩耳盜鈴式的「明媒正娶」，大宴賓客。這樣他們才可以「合法」地住在一起，一直到男人雙手空空不得不再次啟程去尋找財富才能將兩人暫時分開。當然，臨行前雙方自然少不了山盟海誓，男人信誓旦旦地說等我賺到錢後立馬回來，而女人則痛哭流涕地表現出多麼地不舍，並要郎君時刻不要忘記在安居這個地方還有一個女人天天在翹首以盼。

實際上，那些男人並沒有走遠，他們一如既往地在這條河道上做著買賣，或買下棉花、稻米、山貨等物資順流而下，或從漢口買一些山裡人需要的東西再逆流而上。在船來船往的河道上，不定哪條船上就有某個安居女人的相好。所以，那些對男人牽腸掛肚的女人會在湞水岸邊或洗著衣裳或倚欄而立，期盼著心中的男人突然出現。她們穿得花枝招展，相互取樂打趣。如果某個男人立在船頭向岸上自己心上人揮手致意時，眾人隨即回以一陣歡呼。久而久之，那些女人便站成了安居的一道風景。

表叔在講述這些往事時兩眼發光，心弛神往。我笑問表叔當年有沒有在安居找一個心愛的女子？表叔聽後仰面一笑。我隨即對表叔說你完全可以「無可奉告」。表叔依舊笑岑岑地告訴我，如果他不是跟隨雪公在外面闖蕩，一定會在安居找一個女人，不為別的，只為站在船上看著岸邊的女人為你的突然出現而欣喜若狂的模樣也就此心足矣。

我告訴表叔現在已經看不到當年船來船往的景象了，更不用說看到岸邊那些年輕貌美的女人向你揮手致意了。那些令人心醉神迷的圖景如今只能存在於老一輩人美好的記憶之中，存在於年輕人的想像之中。不過，表叔執意要到安居鎮去看一看，哪怕在那鋪滿鵝卵石的老街上走上一走，也就心滿意足了。從縣城通往安居鎮的公路雖然十分寬闊，但路上爬行著各種各樣的車輛：摩托車、手扶拖拉機、三輪拖拉機、大中小型貨車、板車、當然還有自行車。所以這條路車禍頻發，已經變得非常危險。從臺灣來的表叔顯然沒有看到這麼多的車輛在同一條路上橫衝直撞，他坐在副駕駛的座位上不時對身邊呼嘯而過的車輛報以一聲驚呼，並說儘管他已有六十年的駕齡但在這條路上他一步也不敢開，看到司機泰然自若的模樣他打心裡佩服。他還打趣地說，在這條路上開過車的人可以行駛在世界任何一個地方。

表叔選擇坐在副駕駛座位上，是想更好地看一看涓水兩岸的風光。應該說，車子一直在河的左岸行進。涓水可以一覽無餘。不用說表叔是多麼地失望。這就是涓水河嗎？表叔無數次地詢問道。沒錯，這就是涓水河。我們也無數次地回答。真是難以想像。這條河不僅乾涸得有的地方只剩下涓涓細流，而且河道狹窄，最窄的地方僅有一條船的距離。河道裡長滿了水草，漂浮著朽木、雜物，散發出一種腐爛的味道。

臨近安居時，涓水河突然來了個九十度的大轉彎，從北邊繞到了南邊。為什麼會這樣？據說這是一位風水先生的建議。當然也可以說這是風水學的常識。唯一讓表叔感到欣慰的是，這兒的河道不僅寬闊許多，河水也充沛了許多。當年那些長長的洗衣用的青石板依然還在，依然有女人在青石板上洗著衣裳。這讓表叔驚喜異常，他像小孩子那樣跑向岸邊，就像遊子撲向媽媽的懷抱。

除了在河邊徜徉之外，表叔還饒有興致地遊逛在這個小鎮的各個角落，企圖找到舊時的街道。

儘管這裡已經面目全非，但還殘留著往日的痕跡：一段青磚砌成的牆壁，一面木板鑲嵌的雜貨店門面，一截鵝卵石鋪成的窄窄的街道，一口仍在使用的四壁長滿青苔的水井……這些都讓表叔興奮不已。

後來我才明白表叔如此想來安居看看，主要是想尋找一個叫青雲樓的地方。這也是當年雪公和玉兒居住過的地方。儘管時間非常短暫，一共才有半個月。那一次，表叔作為兩人的跟班也一同住在這裡。儘管短暫，不論對雪公還是表叔來說，無疑都是一段美好的時光。表叔說，那個時候，他在情場上還是個雛兒，膽小怕事而顧慮重重。因而他也錯過了一段浪漫的情史。現在想來真是後悔不迭。

依據表叔的描述，青雲樓應該臨水而建。如今，岸邊的那些小樓早已片瓦不存片磚不留，成了青一色的紅磚小樓。那裡不僅住有人家，還有工商所、稅務所這樣的行政機構。表叔問了幾個人都不知道，後來他又問了幾位七八十歲的老者，他們一樣沒有什麼印象。既而表叔打聽起一個叫劉四的女子，同樣一無所獲。不過，表叔對此並不失望，臉上一直掛著幸福的微笑。

劉四，無疑是表叔那個錯過的女子。表叔在心底裡一直珍藏著那份情感和遺憾。他這次執意要來的目的，是想了結這份遺憾吧。我想是的。在四五十年之後，和那個女人對膝相坐，在秋後慵懶而令人困倦的陽光之下，回憶那段青春時光，該是一件多麼愜意的快事呀。然而世事弄人，老天偏不給他們這種機會，惟此，表叔只能將那份情感一直向後延續直至帶進墳墓。

那份情感無疑是美好的，又是無法言說的，就像一個啞巴無法言說糖漿的味道。只要一提及它，表叔的臉上就掛著笑容。不，不，還不只這些。今天，我們一踏上這個小鎮時他的臉上就有了只有戀愛的人才有的傻笑。毫無疑問，表叔已經盤算過了和那個叫劉四的女人見面的場景，甚至是該說些什麼了。

然而，這種結果不是更好嗎？也許那個叫劉四的女人早已將表叔忘得一乾二淨，也許那段表叔動了真情的情感而在那個女人看來只是逢場作戲。當然更大的可能是，這個當年面容姣好的女子如今已是皮膚粗糙說話粗俗的鄉下老太婆……謎底永遠不要揭開，那會留下長久的念想。

可表叔總是竭力否認他是為那個叫劉四而來的。其實我並沒有說什麼，而表叔的辯解就顯得有些可笑。不過，表叔畢竟是見過太多世面的人，閱人無數，櫛風沐雨，他不用眼睛也能看透我的心思。所以當我對他的辯解報以笑聲的時候，他反而對我投來不屑的目光。

表叔接著說，他舊地重遊的目的主要是想重拾往日的時光。這段時光裡，則更多的是雪公和玉兒的影像。還說，雪公對他恩重如山。雪公沒有兒子卻把這個侄兒視同己出。

整整一個上午，我們都穿梭在安居小鎮的一條接著一條街道裡，從東到西，從南到北。表叔總是對著鋼筋水泥堆砌而成的一層層鴿子籠似的小樓大搖其頭，對偶爾殘存的殘磚斷壁興奮不已。他會在那些舊磚瓦面前駐足良久，從大腦中竭力搜索往日的片斷。在搜索無果之後方才歎息一聲又繼續前行。

一路上，表叔說得最多的自然是雪公和玉兒。從他的敘述中，我知道兩人愛得至深至切。在如今這個提倡閃婚把愛情視為兒戲的物質時代，他們的愛情可能成為稀有之物，一幅難得一見的影像。儘管他們一生都沒有結婚，並不妨礙他們擁有對方，擁有轟轟烈烈的愛情。

表叔的講述

我已經記不清雪公是什麼時候變得自言自語的。不，不是他年老體衰的時候，而是在年輕力壯、精力充沛的時候。是五十多歲，還是四十多歲。甚至更早。但我清楚記得第一次發現的情景。

那是一個沉悶的下午，我忘記了因什麼事去找雪公。在大門口，只有兩名我早已熟悉的警衛，而家裡除雪公之外再沒有其他人。但是我在他的書房的門外卻聽到他在跟誰說話，當然只是他一個人在說，而對方在聽。也許對方回答過他的提問，但聲音小得我完全聽不到。當時，我在門外等待了好一會兒。因為我不知道雪公在跟誰交談，也不知道我這時該不該進去。聲音從小得不能再小的門縫裡露出來，然後半是清晰半是模糊地傳入我的耳朵。讓我吃驚的是，雪公似乎在跟一個異常親近的人在交談，因為他說的都是一些心底裡的在公開場合從不表露的想法。誠然，我第一個想到的就是玉兒。但玉兒顯然不在武漢。難道真是玉兒？或者說她剛剛到來？不，不可能。即使玉兒來到了武漢也不可能到雪公家裡來。這是肯定的。那又是誰呢？

令我吃驚的是，雪公跟對方的交談沒完沒了。或者說雪公一直在喋喋不休。他似乎有太多的話要說，有太多的積壓在心底的心思需要向對方傾訴。所以我一直在門口躊躇。後來我實在不想再等了，在經過數次舉起又放下之後，終於舉手鼓足勇氣敲了敲門。屋裡的聲音停止了，世界一下子安靜下來。實在是太靜了。那是一種在驚悸之後不知所措的安靜，一種在個人的祕密被發現之後一時又無以應對的安靜。那種安靜的時間太長了，兩分鐘，甚至是五分鐘。屋裡一點兒動靜都沒有。我想，如果我不再敲一次的話，這種動靜肯定會一直持續下去直到時間盡頭。

準確地說，在五分鐘之後，在我第二次敲門之後，屋裡傳出了雪公「進來」的回應。我異常小心地將門推開。屋子裡除雪公之外再沒有其他人。我環顧了四周，仍然沒有發現第二個人存在。雪公這時也在緊張地看著我。有那麼一秒鐘，他顯得異常尷尬。只一秒鐘，一切又恢復如常，像什麼都沒有發生一樣。

不用說，這件事困惑了我許久。以至雪公問我找他有什麼事嗎？我竟腦子裡一片空白，把來此的目的忘得一乾二淨。回到家中，晚上睡在床上，到底發現了什麼攪得我徹夜難眠。還有在隨後的幾天裡，我仍然在尋找答案。後來，我只能接受那是雪公在自言自語。不，也不完全是自言自語。他心中有一個對象，一個自己最為親近的人站在對面，毫無疑問，那個人就是玉兒了。不過那個時候，我對自己的推測還沒有十分把握。儘管隨後還有幾次，我看見雪公在獨處時也在自言自語，但聲音小得只有他自己能夠聽見。只是到了後來，隨著年歲漸長，他自言自語的習慣越來越明顯，也越來越不避忌外人。特別是在他七十五歲之後，也就是與玉兒天各一方之後，或者說他自以為玉兒已經過世之後，雪公常常把自己鎖在書房裡，大聲地跟玉兒說著心思。這種虛擬的對話竟被雪公演繹得如此真實，因為其中伴隨著笑聲、辯論，甚至是爭執。而嬸娘常常抱怨說，雪公因為深更半夜高聲說話而讓她無法安睡。開始的時候，嬸娘顯然對此充滿醋意，對我說你的伯父竟對一個死人念念不忘，卻對活人視而不見。每當這時我總是哈哈一笑，開導嬸娘說你們都這把年紀了還爭風吃醋？嬸娘氣憤地說，你看看，這說明你伯父一輩子心裡都裝著這個女人。繼而又說，那女人有什麼好的？我看長得並不漂亮，只會賣弄風騷，勾引男人，別的我看不出有什麼長處。

嬸娘說這話時竟不再避開雪公，有時竟故意當著雪公的面公開表達自己的不滿。這也難怪，晚年的雪公已變得老態龍鍾，搖搖欲墜，一口氣上不來就會一命歸西。與當年那個叱吒風雲的人物真是天壤之別。而嬸娘呢，身板卻仍是那樣硬朗，似乎比年輕時更為硬朗。兩人完全調了個兒。俗話說，身體是革命的本錢。晚年的嬸娘是有這個本錢的。除此之外，這個家到後來也全靠嬸娘撐著。其實，「西安事變」之後，雪公就開始走下坡路了，在臺灣，雪公雖然還掛著「政府資政」的頭銜，其實是給了他一個拿錢養老的地方，別說實權，在政府機關他連辦公桌椅都沒有一張。為此，他還大吵大鬧一番，說自己身板還好，還可以為國民政府出力獻策。可又有誰聽呢？到頭來只是自找沒趣罷了。

這也難怪，到了晚年，這個家庭才更顯出嬸娘的重要，也顯示出她操持家務的能力來。還幸虧有了嬸娘，若是沒有她，雪公說不定要去敬老院苟延殘喘的度過人生的剩餘時光。許是由於將自己侍候得很好，因而雪公也容忍了她那喋喋不休的抱怨和挖苦。

【雪公自述】片斷

我也不知道是什麼時候開始自言自語的，這是一種不自覺的習慣。開始的時候，我敢說那是我排解壓力的一種方式，或者說是一種解決難題的推演方法。是的，當時在遇到難題的時候，我會在心裡反復推演以找出解救之策。哦，不僅僅是遭遇到困難，有時是去執行一項任務，一項關乎黨和國家命運的特殊使命，在起程之前，我會將自己關在屋子裡，反復推演出每一個細節甚至是每一次對話。這麼說吧，在通往目的地的道路上，我設想了所遇到的朋友和敵人、善意的款待和隱藏的陷阱，當然還有一條條岔開的小路。而這些小路可能讓我南轅北轍，與目的地越走越遠。一句話，我總是想得很多，以應對各種可能發生的危險。

是的，我那時執行的任務確實危險。每次都命懸一線。每一次我都跟家人交代好後事，做好了慷慨赴死的決心。噢，別以為我是一個大無畏的勇士。只有我自己知道我是多麼膽小怯懦。多少次，我與死神擦肩而過。多少次，我斷定自己必死無疑，但最後卻僥倖逃脫。多少次，我嘴裡慷慨陳詞，心裡卻害怕得要命。有時，我會作一次深呼吸，然後咬緊牙關並故意作長時間的停頓才開始講下一句話。那是因為我發現自己心跳太快，牙齒打顫，小便有一種強烈的壓迫感。我長時間停頓的目的就是平復一下心情，不讓對手看出破綻。

當然，在經過危險之後，當我獲得我想要的結果時，那種興奮之感卻是加倍強烈。對於他人的讚賞，我亦是悉數收下，毫無謙遜之狀。因為這是我用生命換來的，我配得上那些讚譽，所以又何必故作謙虛呢？也因為這一點，有人私下裡認為我恃功自傲，沒把別人放在眼裡，等等。聽到這樣的評價，我往往破口大罵，並用「下一次讓他去試試，老子不幹了！」來回應。這時，那位給我打報告的人總是叮囑我「小聲點」，而我則是故意將聲調提高百倍：

「怕什麼？老子就是要讓那些自己無能又妒忌別人的傢夥聽到！」

為此我得罪的人頗多。其後果就是有人在記錄歷史時，故意將我的功勞抹去。比如在記述一九二二年陳炯明炮轟總統府，孫先生被迫登上永豐艦一事中，筆者稱「幸而得福建王永泉部襄助，否則革命軍命運不堪設想。」王永泉襄助此事不虛，但誰從中斡旋使得王將軍改變初衷襄助許崇智部，讓革命軍有了喘息之機呢？書中隻字未提。

毫無疑問，那個人就是我。雪公。看看，這就是得罪人的下場。

當然，那個執筆的小吏是不敢輕意將我的名字漏掉的，背後一定有人指使。當然是一些官職很高的人在指使。那會是誰呢？有一段時間我也會思考這個問題，但我得罪的人實在太多了，有些是無意中得罪的，想想，誰都可能從中作梗。啞巴吃黃連，只好自認倒楣。

這也是我為什麼寫這本小書的緣由。我就是想澄清一些事實。

一九二二年的秋天絕對是一個多事之秋。一向備受孫先生倚重的陳炯明突然翻了臉，炮轟了總統府。被逼無奈，孫先生只好逃到永豐艦上避難。我是在上海得知這一消息的。先是從廣播電臺裡聽到，後來上海的各種報紙都發了號外，作為特大新聞大肆炒作，再後來廣州方面通過電報告知了我詳細的情況。不知怎的，我當時對此並不十分吃驚。原因是我對長著一副英俊面孔的陳炯明並無好感，這是一個好大喜功的傢夥，而且生性多疑。沒有永遠的朋友，只有永遠不變的利益。這些軍閥們就是這麼想的。說來非常可笑，孫先生一生中相信過許多人，而許多人都背叛過他。就跟對革命總是熱情不減一樣，他對別人的信任亦是如此。上過無數次當之後仍不汲取教訓。這可以說是他性格上的一個缺陷。

我當然不是軍閥，同時我也不是為了蠅頭小利馬上翻臉的人。相反，我想的是危難之處見真情。這時的孫先生當然身處危局，身邊自然需要人手。即使我不能為他做點什麼事情，但回到他的身邊本身就是一種有力的支持。收到電報之後，我收拾了一下簡單的行李，輾轉來到廣州，後來又費了九牛二虎之力找到永豐艦，終於站到孫先生面前。當時，同孫先生待在一個船艙的還有蔣先生和陳群。孫先生對我的突然到來備感驚喜，他先是抱著我，然後又使勁搖著我的胳膊。孫先生待人接物一向那麼誇張。我見識過不止一次兩次了，但我不覺得那份熱情是裝出來的。即使你是一個旁觀者你亦同樣被他的熱情所感染，心甘情願的為他赴湯蹈火。

所以，當孫先生問我認不認識延平鎮守使王永泉時，我似乎是不假思索地回答說自己與王將軍是舊交，應該說關係不錯。同時，我也意識到孫先生一定是要我去福州一趟。果不其然，孫先生隨即說，既是老朋友，應該能說得上話的……現在許崇智所領一軍，是僅存的一點革命力量，目前已從廣州退至福建，由於連日苦戰，彈藥幾乎耗盡，亟待接濟。你去遊說王永泉將軍，希望他接濟許部一些槍支彈藥，等許部打敗李厚基之後，我許諾王將軍必將委以重任。

我知道此行責任重大，但我並沒有誇下海口，只是說我盡力而為。是的，在一片混亂的局面下，太多的人在搖擺不定，顧慮重重。似乎誰都可以依靠，又似乎誰都靠不住。就像陳炯明一樣，昨天還是自己人，今天卻站在敵對陣營去了。同樣，昨天還是敵人，今天卻可能成了盟友。

那個時候從廣州到福建去必須取道香港再乘船往東。儘管我乘坐是客輪，但船長為了賺錢還是盡可能多的裝滿了貨物。那些貨物真可謂五花八門，甚至有一些動物，比如說大蟒蛇、猴子，還有一些我叫不出名字的鳥兒。晚上，這些動物古怪的叫聲從船底傳上來，會讓人毛骨悚然，彷彿置身於某個荒蕪的南太平洋島嶼上，隨時都有被某個大型動物吃掉的危險。

船上的日子是百無聊耐的，也許你帶一位年輕貌美的女士作伴，那時光興許還好打發。但這一次我不是去觀光旅遊，更不是去度假。所以我帶的只有一位隨從。不過，我們的口袋裡都揣著一把勃朗寧手槍，以防不測。在表面上，我們則是一副普通商人打扮。在花錢上我們儘量做到小氣，手頭緊巴，輜銖必較。即便如此，還是招來了不速之客。一天傍晚，一個傢夥闖進了我的船廂說他手頭很緊，能不能借點銀子花花？那你找錯人了，我說。這時他從口袋裡拿出一把鋥亮的刀子，在手中花樣翻新耍弄著，直到我的同伴將槍抵住他的後腦勺的時候，他才突然停了下來，並說了句：「對不起。」不過，當他從我的同伴身旁走過時，他的襠部還是被重重頂了一膝蓋。那一膝蓋一定頂得不輕，我看到那個傢夥是爬著出去的。

除了那些明火執仗搶錢的，還有一些人則相當可疑。你永遠也別想猜透他們到底是些什麼人。尤其是一位單身女人。在船上，我就遇到這麼一個人。從她的穿著上看，這是一個普普通通的旅客，去某個地方幹一件既不重要也不著急的事情。但只要你仔細觀察一下這個女人的氣質和談吐，就會發現這絕非一個普通旅客，她似乎從香港甚至從廣州就開始盯上我們了，只是我們沒有察覺罷了。直覺告訴我，與這種人交談得加倍小心。

那天上午，一個難得的風和日麗的時刻，我避開眾人，獨自倚在船舷上望著遠處泛著粼粼銀光的大海，望著海鷗圍著船舶周圍嬉戲。說實在的，只有這時我才不去思考我所面臨的難題。一句話，這是一刻難得的休閒時光。就在這時，一個柔和的並帶有溫情的聲音從身後傳來：

「先生是到福州去嗎？」

我渾身一顫，但沒有馬上轉過身去。我知道是她，那個我觀察很久的女人。後來，似乎是很緩慢的，我轉身面對著她，並禮貌性的微微一笑，說：

「是的，您呢？」

她說自己也是到福州去探親，因為她的丈夫在王永泉將軍的手下當兵，是一個營長，並問我認不認識王將軍。營長的太太？而且是王永泉手下的營長。天下哪有這麼巧的事情。我才不相信這類早已編好的瞎話。越是如此，我越是覺得那就是一個陷阱。這個女人是那樣豐韻迷人，如果不是在這種場合，不是這般可疑，我是樂意和她上床共赴巫山的。在她轉身離去的時候，我還會緊緊地盯住她的背影，確切地說是她那豐滿的臀部。有那麼一陣子，這個女人的影子總在腦海裡揮之不去。

在這寂寞無聊的海上，在時光如此緩慢的午後，和一個年輕、漂亮、風姿約綽的女人共度良宵顯然是人生最大的樂事。但我不能這樣做，不能因一時貪歡而丟了身家性命。是的，她的確是一種危險品。否則她不會在這樣的場合這樣的時刻出現在這裡。

這個女人，她還知道如何去施展自己的魅力，知道用什麼方法去勾住男人的魂魄。因為她往往站在不遠處，而那兒恰是我的視線之內。她站在那兒，倚著船舷，一副慵倦撩人的模樣。那真是一幅圖畫。多少次，我都抑制不住上前搭訕的衝動，抑制不住朝那個地方偷偷瞄上一眼的熱望。不用說，她也一定知道我在想什麼。她在背後做足了「功課」，知道我的品位。所以，她使用的是一種雅致的含蓄的有情調的方式。但我是下定決心抵制她哪怕是花樣百出的誘惑。也許等任務完成之後，我會去尋訪她的芳跡，也十分願意和這個神祕的女人進行一段短暫的浪漫愛情，並順便探究一下她的身分和來歷。但現在不行。我不止一次對自己說：現在，絕對不行！

當然也許是我多心了。那個女人，也許並不是什麼間諜、密探，只是一個孤獨寂寞的普通女人，她希望在這艘漂泊無定的船上，找一個有點兒品位的男人，以此排遣旅途的寂寞罷了。下船之後，兩人各奔東西。僅此而已。

不管怎麼說，這個神祕的女人的出現，既豐富了我的聯想又為這趟乏味的旅途增添了些許佐料。遺憾的是，此後我再也沒有見到她。她在福州下船之後就從人間蒸發了。後來我甚至打聽過她的下落。當然我採用的是我的方式——因為聽她的口音大概是湖南人，如果她真是王將軍手下某位營長的太太的話，那麼，這位營長也有可能是湖南人——很遺憾，他們告訴我這支部隊沒有當營長的湖南人。

那天，我們到達王府的時間是傍晚，而王將軍此時正在官邸舉行一次宴會，受邀的嘉賓自然都是些達官貴人和商界名流。這也是官場鐵律：無論時局如何動盪，也無論發生什麼天災人禍，達官顯貴們永遠都過著醉生夢死、花天酒地的生活。

宴會上除了那些大腹便便的顯貴之外，引人注目的就是那些花枝招展的美女了。在那個年代，軍閥的實力大小往往由妻妾的多少來彰顯的。勢力越大的軍閥妻妾也就越多。據說，有的軍閥其小老婆就可湊齊三桌麻將。也就是十二人。乖乖，十二人，如果用妻妾成群來形容一點也不為過。

我的到來顯然讓王永泉將軍吃驚不小。他問我此行的目的是什麼？我說來看看老朋友呀！王永泉自然不相信我千里迢迢跑到福州來只是為了看他那麼簡單。他把我領進一間密室，待侍者退去之後，他又問我此行何故？我直截了當地說：

「我是革命黨人，自然是為了革命而來。」

一句話，說得王永泉臉色都變了，不過他很快鎮定下來。他就坐在我對面的沙發上，兩隻手交替揉搓著那張因喝了過多的酒而漸漸麻木的臉。而我則在情緒激昂地說著，說到孫先生，說到孫先生的三民主義，說到中國的現狀與未來。說如今軍閥這樣打來打去，中國將永無寧日，民眾苦難將更加深重，在世界上將永遠受人欺淩與宰割。必須需要有人站出來登高一呼，建立一個統一的民主政權，惟有如此，中國才能走出貧窮與落後，走向和平與富強。而孫先生就是最合適的人選，天降大任於斯人！我們惟有擁戴孫先生，團結在孫先生旗下，這一目標才可望實現，中華民族才可望復興……

待我繼續說下去的時候，王永泉伸手阻止了我。我這才發現他對這些壓根兒不感興趣。果不其然，他說，什麼民選總統，什麼民主政體，什麼民眾權利，那都是一些知識份子的理想，一些文化人的白日夢而已。這些人或許出發點是好的，但結果未必是好的。就像你淹制一潭子甜菜，由於添加的佐料不對，或者說淹泡的時間過長，打開一嘗變酸了。孫大炮在南方搞什麼「三民主義」，袁世凱在北方恢復帝制，段祺瑞上臺後又另搞一套。老百姓一會兒拉向左邊，一會兒又拉向右邊，中國社會被撕裂成幾塊抹桌布，髒兮兮的，慘不忍睹。而那些人全都打著救民眾出水火的旗號，其實把下麵的平民百姓搞得痛不欲生，苦不堪言……你雪公也是帶兵打仗的人，怎麼也相信那個孫大炮的夢話？那個孫大炮，他放的「大炮」還少嗎？也許一時有那麼幾個人會聽信他的蠱惑，會跟著他的屁股後面顛兒顛兒的跑，但槍炮一響，他手下的大多數人不是丟盔棄甲，就是掉轉了槍口。孫大炮呢，也成了光杆司令，成了喪家之犬……如今這年頭，還是槍桿子說話，誰的人多槍多誰就是皇帝就是總統就是爺！你說我說的對吧？

我不能不承認王永泉說的有道理，這種人能混到如此高位，尤其是在這兵荒馬亂的年月能擁有這樣一支隊伍，他王永泉顯然不是草包一個。但這個時候，我必須反駁他，必須將他說服，讓他心服口服。否則，我就會白跑一趟，並落下笑柄。我說，的確不錯，從當前情況看，孫先生的那些理想有些不現實，甚至有些可笑，但從長遠來看，理想比槍炮更有力量，更加深入人心。因為我們的國家不可能永遠四分五裂，軍閥割據。老百姓也不可能永遠受苦受難，生不如死。國家必須統一，民族終究團結，民眾必將富足，這是大勢所趨，民願所向，也是我們這一代人必須完成的使命，縱有千難萬險，千辛萬苦，即是粉身碎骨也在所不惜，在所不辭！即使我們看不到理想實現的那一天，我們也將為之奮鬥終生。王將軍，你我都是帶兵的人，都是槍林彈雨中爬過來的人，都是死亡線上走過多少個來回的人，槍炮嚇倒過我們了嗎？死亡面前我們退縮過嗎？失敗讓我們止步了嗎？沒有！從來沒有！為什麼？因為我們心中有理想有目標。是的，我們有時候是惶惶然如喪家犬，有時也被打得丟盔棄甲屁滾尿流。這沒關係，等我們喘過氣來之後，等我們身上的傷口癒合之後，我們還會捲土重來，還會重振旗鼓，還會高舉旗幟衝鋒陷陣，勇往直前！王將軍，也許過去你自己沒有覺察到，就是在你身上，在你骨子裡也是胸懷理想的。你手下的軍官甚至士兵也有一批胸懷遠大理想之人，否則你的隊伍不可能壯大，不可能紀律嚴明，也不可能打勝仗。沒有理想的軍隊說穿了就是一窩土匪，永遠成不了大事。所以，請你不要小覷孫先生，不要小覷他的革命理想，那才是解決中國問題之道，改變中國命運之途，也是醫治中國痼疾之良策。

邊說，我邊斜眼看看王將軍。發現他不再躁動不安，不再心不在焉，而是專心致志地傾聽。我明白，他已經被我說服了。接下來就是將我們的方案合盤托出，並曉以利害。

我接著說道，不瞞將軍，我這次來福州就是為孫先生打前站。孫先生的策略是，讓許崇智將軍率部趕走李厚基，在福州重新建立根據地，以圖東山再起。由於與陳炯明數日激戰，許部幾乎彈盡糧絕，急需補充。希望王將軍顧全大局，深明大義，先給許將軍補充些軍備，然後聯手趕走李厚基部……

這時，王永泉再次伸手阻止我往下說。他低垂著頭，好一會兒沒有說話。而我以為他拒絕了我的提議。不用說，我的心提到了嗓子眼兒。我深知這些帶兵打仗的人既頑固不化又生性多疑，有時明知錯了，卻一味固執到底，以顯示他那不可動搖的權威。然而，我想錯了。王永泉並不準備拒絕我的提議。顯然他完全明白了我的意思，也就是我此行的目的。但他是那種說話簡捷，有話直說的軍人。他帶著質問的口吻問道：

「如果我按照你們所說的做了，孫先生會給我什麼好處？」

什麼好處？有那麼片刻，我的腦子短路了，一片空白。金錢或是物資，王永泉若要也不會是個小數字，再說我們拿不出那麼多錢物。再就是官職，也許他看重的是這個。於是我說：

「事成之後，許你做福建都督。」

「這是你的意思還是孫先生的意思？」王追問道。

「當然是孫先生的意見。我哪有那個權力？」

王永泉聽後哈哈一笑。我知道他心中仍有疑慮。這幫傢夥都是人精，他們經過太多的風雨，也經過太多的人事，當然也摔過太多的跤子，受過太多的人騙。這樣一來，他們往往會留一手。即便時局發生逆轉，也有應對的辦法。果不其然，王說，我相信這是孫先生的意思。不過，一切只能暗中進行。一句話，我可以暗地裡送給許將軍武器彈藥，暗地裡為他出力打敗李厚基。你看怎麼樣？

這當然沒問題。我清楚他會出力的。原因是只有趕走了李厚基，他王永泉才能坐上福建都督這個寶座。也只有趕走了李厚基，他在福建才沒有對手沒有了後顧之憂。這對於他王永泉來說也是天賜良機，如果錯過了這次機會，他牛年馬月才能爬到福建都督的位子？事後證明我的判斷是對的。開始的時候，王永泉的確如此。當許崇智率部進入福建境內時，王永泉派人偷偷送來了五十萬發子彈。當許部次日開始攻打福州時，王部裡應外合，奮勇當先。李厚基自然蒙在鼓裡，當他恍然大悟之後，也只有逃跑的份兒了。

孫先生也兌現了承諾，即日宣佈王永泉為福建都督。其實這是個順水人情。明眼人一看就知道，福建其實已經落入王永泉之手。

第六章

表叔帶來了玉兒的詩歌和繪畫。震驚中外的「濟南慘案」發生後，雪公受命與日軍交涉，身陷囹圄，險遭不測，幸得夫人挺身相救。在日軍軍營的三天，是雪公人生中最黑暗的三天。

我的故事

我的那位妻子回娘家之後我曾登門探看過幾次，頭兩次我被拒絕入內。兩次都是我的那位肥胖但不善良的岳母開的門，見是我時她憤怒地將門砰地關上了。我不知妻子在家裡說了什麼，但肯定不是什麼好話。我曾想去學校見她，趁她不上課的時候同她好好談談。但我們都是愛面子的人，也許讓她的同事們知道了可能反而更糟，想到這一點，只好放棄了。

一段時間裡，我都在竭力挽救我瀕臨破裂的婚姻。希望兩人重歸於好，共續前緣。一個人有時是需要另一個人在身邊的，平時你可能不覺得，但一旦你生了病或遇到了棘手的問題你就特別希望有個人在你身邊，哪怕她幫不了什麼忙。只要她在身邊就是莫大的安慰。

有人說，婚姻生活是需要慢慢磨合的。但我倆都太缺乏耐心了。我想告訴她，我們再磨合看看，如果實在不行再說分手也不遲。我想告訴她，我們都過單身生活太久了，身上都長刺了，開始在一起的時候難免硌著對方。當我們仔細修剪去身上的刺後也許就會感覺好多了。我把我的想法首先告訴了我的岳父，一位退休的老教師。我是在公園裡的一條長椅上跟他說這些話的。岳父先是一臉冷漠，待我把自己的想法說了之後，他開始同情我了，並答應回去做做女兒的思想工作。

我和表叔

那天我和表叔在鄉下一個親戚家作客。主人是表叔一位遠房侄子，他們很殷勤地招待我們，但效果卻適得其反。比如，他們特地進城買了各種反季節蔬菜，而表叔最想嘗到的卻是家鄉的綠色食品；比如，他們一刻不離地圍著我們，扯著無聊的閒話，而表叔卻想與我單獨在一起。因為我們有一個共同的話題，那就是雪公。表叔一再告訴侄子，讓他忙去，別管我們啦。可他就是不聽，一會兒遞煙，一會兒倒茶，忙得不亦樂乎。還有灣子裡一群孩子，他們也圍在我們四周，唱呀，跳呀，好像我倆是四川來的大熊貓。

待喧鬧終於過去，我們方才得到片刻寧靜。主人的門前有一棵碩大的銀杏樹，陽光斜斜地照進來，映得地上斑駁一片。表叔要到樹下去坐。我們搬了椅子，端著各自的茶碗，還有一大盤南瓜子、花生之類，螞蟻搬家似的向樹下移動。其實，在灣子的各個角落，都有七八十歲的老人在曬著太陽。他們慵倦、蒼老的神情給村子抹上了一層哀傷的情調。有人告訴我，如今在鄉下你已經很難見到二三十歲甚至四十多歲的青年人了，他們要麼去外地打工了，要麼移居城市了。鄉下已經成了老人、婦女、兒童的世界。

我很想知道晚年的雪公到底是怎樣的一個人，說得更確切點，他是如何安排他的情感生活。他還與玉兒見面嗎？玉兒是否也住在臺北？她結婚了，還是仍舊單身一人？

表叔的回答出乎我的預料，他告訴我，玉兒並沒有去臺灣，而是一直留在大陸，儘管沒有足夠的證據，但可以推測的是，玉兒於一九四九年之後一直住在北京。她也一直在當年雪公為她買下的那個四合院裡過著愉悅而又忙碌的日子，據說她偶爾還寫詩，寫一些現代詩，多在朋友圈裡流傳，偶爾也發表在報刊雜誌上。慢慢地，玉兒的身邊就聚集了一些文人，在她的院子裡吃肉喝酒以及高談闊論。這些人在酒醉飯飽之後把玉兒奉為「女神」，說她是「曠世才女」，是「京城一道美麗的風景」，云云。

第二天，表叔從一隻舊皮箱裡找出幾張複印紙遞給我，那上面有玉兒當年所寫的詩歌。這是表叔前年去北京的最大收穫。是他在北京圖書館所藏的舊書刊上複印下來的。用現代人的眼光來評判，說實話那些詩水準一般，更確切點說，多是一個韶華已逝的女人一些感傷之作，卻沒有跳出一個小女子的個人情懷。倒是那些回憶少女時期日本生活的詩作透露出一種清新的氣息。不過，她的語言卻典雅、精緻且趣味盎然。我想玉兒是一個多情而又風趣的女人，難怪那麼多文人雅士圍在她的身邊，也難怪雪公一輩子深愛著她呢。

在這些影本的後面還有幾張玉兒畫的畫，花鳥畫，其中還有幾張山水。技法談不上精湛，甚至有些幼稚。可見玉兒是鬧著玩的，說得好聽點是附庸風雅。可以推斷，她的圈子裡有畫畫的朋友。玉兒是個聰明的女人，什麼都想嘗試一下，不下苦功夫，玩兒似的。

遺憾的是，玉兒沒有留下照片，也沒有自畫像，或者是他人給她畫的肖像。我真想看看玉兒到底長什麼模樣？儘管表叔多次向我描述過，但我只能用從報刊雜誌裡看到的民國女子形象去複製她，複製的結果既縹忽不定又模糊難辨。

毫無疑問，玉兒在北平過著豐衣足食的生活，而她的錢正是雪公給的。實際上雪公把他大部分家產都放在玉兒那兒了，金條、美元、古玩、字畫，當然還有國民政府發行的大量現鈔。幹雪公那一行向來是不愁錢的，有時女人也不愁。需要的時候往往一擲千金。當然在一擲千金的時候任何人都會留一手。所謂小盜盜銀，大盜盜國。雖然雪公不是偷盜，可那也是買賣呀。平常人買賣的是油鹽醬醋、衣食住行，而他買賣的可是社稷天下，萬裡河山。

表叔的講述

在解放軍攻打北平的時候，雪公曾多次想將玉兒接到南京去，為這事他甚至給傅作義打了電話。結果可想而知，那個時候傅將軍正為是戰是和糾結不安呢，哪有功夫管這種閒事。有人說，雪公當時救玉兒出北平是假，主要目的還是想把存放在那裡的金銀財寶運出來。那個時候他在國民黨內已經失勢，也不再有可能從老蔣那裡得到什麼好處。遼沈戰役是一個分水嶺。遼沈戰役之前，國民政府對得到整個大陸還信心滿滿。然而，遼沈戰役之後形勢急轉直下，一些有遠見的官員開始謀劃自己的後路了。雪公想把玉兒連同放在她那兒的寶貝一起運出來，顯然是在考慮自己的後路。

但我並不認同一些人的看法，說是雪公更看重他的那些財產，而玉兒那時已經不重要了。我堅持認為，雪公是個重感情的人，說得更形象點是個仗義疏財的人，如果在兩者之間二選一的話，他一定會選擇玉兒而不是財產。把玉兒遺落在大陸成為雪公晚年永遠的痛，也是他罹患抑鬱症的原因所在。在國民黨退守臺灣之後，有好幾年雪公一直滯留在香港，其主要目的就是看看是否有機會將玉兒接出來。

那段日子雪公已經將妻子、兒女安排到了臺灣，而他和我兩人則一直待在香港。有那麼幾年，雪公通過他的舊部和熟人千方百計跟玉兒取得聯繫。後來還真的聯繫上了。但得到的答覆卻令人失望：玉兒不想去臺灣，她要留在北京。為此，玉兒還寫了一封意味深長的長信，意思是要雪公也回到大陸來。信裡雖然沒有明說，但暗示雪公若回來的話，只要他願意她可以跟他結婚。

這讓雪公非常糾結。有那麼幾個月，雪公身上一直裝著那封信，在有事沒事的時候拿出來看看。其實不用看，我敢說他完全可以一字不落地背下來。但他仍然在看，試圖從中發現過去尚未發現的東西。

不僅如此，雪公還經常跟我討論這個問題：他該不該回去？回，或是不回，兩邊都有上百個理由呢。他常常問我：我這樣回去，共產黨會饒了我嗎？畢竟我手上沾有共產黨人的鮮血。而我說，杜聿明、傅作義等人比你殺共產黨人還多，人家現在不好好的嗎。雪公又問：我這樣撇下老婆孩子一走了之，怎麼對得起他們？我暗自思忖：你去了臺灣就對得起玉兒了？

從某種意義上說，我是希望雪公留在大陸的。這並不是我在嬸娘和玉兒之間更傾向玉兒，而是我的小小的私心使然。因為我的老婆孩子，包括我的父母也都在大陸。這些年我積攢的財富都隨身帶著，滿滿的幾大箱子。當然，名義上作為雪公的家產用國民政府的飛機和汽車運來運去。

雪公顯然看出我的想法，他沉吟半晌，嚅嚅地說，這是個兩難的選擇啊。

說是兩難選擇，其實我心裡明白，雪公是傾向去臺灣的。從當時的情形判斷，雪公若去了大陸也許有殺頭的危險，少說也要坐若干年大牢吧。杜聿明、王耀武、宋希濂不都在共產黨監獄裡坐牢嗎？儘管他在國民政府中地位每況愈下，卻沒有坐牢之虞。有一天，雪公突然對我說：「你可以回大陸去，我不攔你。」

「你去哪兒我就去哪兒，我這一輩子跟定您了。」當時我就給雪公表了忠心。我說的是真心話。如果沒有雪公，我可能一輩子只是一個聲嘶力竭在街頭叫賣的小販，過著緊巴巴的窮日子。是雪公改變了我的命運，把我變成一個拿著軍餉，並賺得盆滿缽滿的官吏。我知道自己是個什麼人，夜半醒來，我常常覺得自己不配過這種錦衣玉食的生活。所以我對雪公感恩戴德，願一輩子做他的馬前卒。如果有人向他開槍，我想我會毫不猶豫為他擋子彈的。

但我明白，雪公是不會去大陸的，他最終的去向一定是臺灣。一方面，我的兩個堂妹都還年幼。如果父親走了，對孩子們來說那就是天塌了。此外，在雪公心中，總覺得欠夫人一筆人情債。這債太重了，他覺得自己一輩子都還不清。儘管他嘴上沒說，但我卻了然於心。

【雪公自述】片斷

是的，我們何家的確欠夫人一筆債。這事還得從震驚中外的濟南「五三慘案」說起。關於這樁慘案，臺灣、香港、以及大陸均有不同的版本。這些版本中，大多提到日軍在濟南城槍殺七千多名老百姓的暴行，提到蔡公時等人被切鼻割耳的慘狀，有的甚至提到蔣公穿著襯衣連夜從濟南城逃出一事，提到熊式輝與日軍交涉時遭日本人無理羞辱……等等。可唯獨沒有我雪公的隻言片語。有人說，歷史只記住少數人的功績，而其他人則化為沉默。難道我真的該被劃為「沉默」的一類嗎？要知道在熊式輝遭拒之後，是我承擔起與日本人交涉的重任，後被日軍扣留三天兩夜，身陷囹圄，險遭不測。試想，如果沒有我的交涉，蔣公恐怕連襯衣都沒時間穿上，更談不上逃出濟南城了。

我知道有人故意抹去我的名字，抹去我在其中所起的作用。因為這可能有損某位領袖的光輝形象。就像史達林當年所做的那樣，把那些知情者統統「抹去」，這樣就沒有人知道那些不光彩的事了。然而，這樣做無異於掩耳盜鈴，我相信，歷史終會還原其真相。

首先，要聲明的是，我並不是說那些報刊書籍記錄的不是事實，只是說它們記錄了部分事實，而不是全部。更重要的是，它們遺漏了重點，也就是事件的轉捩點。在這裡，我絲毫沒有對蔡公時、張麟書等人的英雄氣概有半點輕蔑之意，相反，我始終對他們充滿敬意。蔡公面對日軍的殘酷暴行不但沒有畏縮，沒有膽怯，反而怒罵侵略者是一群禽獸不如的畜生。而張麟書在敵人切掉鼻子，斬斷大腿和手臂的時候還在高聲怒罵，直到鮮血流盡。後來，我沒有在那份喪權辱國的文書上簽字，同樣是受到他們的鼓舞和激勵。其言其行，也是在向前赴者致敬。

我是在熊式輝與日本人交涉遭拒後臨危受命的。當時蔣公把我叫到他在濟南的臨時官邸時，我就有一種不祥的預感。心裡怦怦直跳，預見大事不妙。當我站在蔣公面前時，我竭力表現出鎮定自若的樣子。畢竟我見過太多的世事，面對過太多的生死。即使是赴死也要像一個武士那樣視死如歸。這是我在日本陸軍士官學校所受的教育，這也是日本的所謂武士道精神。當時我的確做好了赴死的準備，並寫下了遺書，給太太交待了後事。而我的夫人則說：「我等你回來！」

應該說，去與日本人談判我並不是最佳人選，比我職務高的能說會道的人多的是。毫不諱言，那些人多是蔣公的心腹。這個時候蔣公是不會讓他們踏上那條不歸路的。而我既不是他的嫡系，也談不上是他的密友。當時我的位置非常尷尬，作為同盟會的會員，我們曾一起在孫先生門下做事。嚴格來說我們算是同事。而現在他在上我在下，儘管他每次對我都異常客氣，但我們都覺得多少有些彆扭。哦，我並不是說，蔣公想借日本人之手除掉我的意思。但他一定覺得這件事是個燙手的山芋。如果我因此而名聲掃地那是活該。

蔣公是個心懷遠大抱負的人，說得難聽點就是這個人野心很大，而且知道如何依靠槍桿子的力量。這是他與孫先生不同的地方。孫先生是個理想主義者，太仁慈，也太容易輕信他人。儘管他屢次上當，但輕信他人的毛病一直改不了。而蔣公玩的都是虛招，當他說得天花亂墜的時候你千萬別信以為真。也就是說，他比孫先生更有政治頭腦。我的經驗是，對於一個政客來講，永遠別說他是乾淨的。

正應了那句話：當一個孤傲的人突然對你好的時候，一定是有求於你了。這個比喻似乎有點兒不恰當，但當時事實確是如此。當我走近那棟房子時，看到蔣公遠遠地站在臺階上了。我急步向他走去。他甚至下了一級臺階以便迅速拉住我的手。我們一同走進客廳，一同並排在沙發上坐下。喝的是他家鄉的新茶龍井。如果換了別人一定感恩流涕，願意為他赴湯蹈火捨身成仁。這正是他慣用的招數，政治上的小把戲。話又說回來，這確實很難得。在眾人眼裡，蔣公是一個嚴肅、刻板、不苟言笑，甚至可以說一本正經的人。史迪威將軍當年就領教過同他進餐時的痛苦，一場普通的晚餐的氣氛甚至比一場葬禮還嚴肅，令人窒息。

我們的談話一開始就是朋友式的，遲遲不入正題。我們先談到家庭、住所，還有濟南這座城市。我們甚至談到山東五月的天氣。後來我們談到這次北伐，談到軍閥張宗昌，以及張宗昌勾結日本人完全是引狼入室。當然我們還談到蔡公時，以及張麟書等人的大義凜然，堅貞不屈。我們談話的時候，不時有人立在門外向裡窺望。這些顯然是有要事向他彙報的人，樣子非常著急。而蔣公卻故作不知，一門心思同我拉著家常。

只是到了最後，他才似乎想起什麼似的，請求我到日本軍營走一趟，同日本人交涉一下，看是否讓當前雙方劍拔駑張的形勢緩和下來。我明白這是不能拒絕的，也沒有商量餘地。古人曰：君要臣死，臣不能不死。此時我能做的只有提出一些條件。我說：「熊副軍長這樣的高級將領去，日本人都覺得級別不夠，我恐怕也是……」

這個好辦。蔣公招呼一位參謀過來，從對方手中接過一紙委任狀遞給我，說，我現在就任命你為國民革命軍總司令部總參議，你把這個帶上去面見日本人好了。

到此，我只能頷首稱謝了。

當日下午我去了日軍軍營，面見日軍第六師團師團長福田彥助。這是一個傲慢的傢夥，其傲慢程度超出我對人類的理解。我在日本待過好多年，總體印象是日本人還算懂禮節，不僅僅是普通平民，就是軍校的教官也同樣彬彬有禮。但你無法想像這些到中國作戰的軍人是如何傲慢無禮，那完全是一種戰勝者的姿態，一種恃強淩弱的形象。這非常令人反感。我唯一能做的就是不卑不亢。

「你代表蔣總司令，憑何資格？」福田問得異常直接。

「我職任國民革命軍總司令部總參議。」我回答得堅定有力。

「總參議能負責嗎？」

「能！」

「能負責最好。」

這時，站立在旁的一位副官迅速遞上來一份文書，福田示意我在上面簽字。我展卷一看，內容大致如下：一、膠濟線交日本人管理；二、濟南附近二十裡內不得任何中國軍隊駐守；三、賠償此次事變給日方造成的損失；四、保證不再發生同樣事端；五、向大日本帝國道歉。

這完全是霸王條款，也是一份喪權辱國的協約。我自然不能簽字，否則我將背負喪權辱國的罵名，成為一個千夫所指的賣國賊，而且永生永世都不得翻身。我就是死在這裡也不能簽字，這不僅為我自己，也為我的後代著想。於是，我伸手將文書推給對面的福田，並明白無誤地告訴他我是來談判的不是來簽字的。

福田顯然料到我會這樣做，於是問：「雪公是否沒有簽字權？」

「我已經告訴福田先生了，我是代表國民革命軍來跟貴方談判的。」此時我只好再次申明自己的觀點。同時我也明白，這種辯解也是迫不得已而為之，是一種拖延戰術，一種見招拆招，說到底起不到實質效果。

「談判？不錯，到後來還不是要簽定協約嗎？」福田問。

「那我們不是還沒有談判嗎？」迅速作出反應是幹我們這一行應有的特質。

「我看，我們還是節省那些繁文縟節吧，大家都很忙，我也不想耽擱先生的時間……我還是直說了吧，談不談都是這個結果，所以你必須簽字。」

福田終於露出他的蠻橫無禮，甚至連說話的口氣都變了，變得兇神惡煞。而此時此地的我則成了一隻待宰的羔羊。而他手中的屠刀隨時都會刺向我的喉嚨，一擊致命。這也是我人生中最痛苦最屈辱的經歷，我活了三十多歲，真還沒有人如此對待我。弱國無外交。只有那些經歷過的人才明白這句話的份量。唉，我真不願意回憶它。在日本軍營待的三天，是我人生中最黑暗的三天。只要記起它，我的心口就會作痛。可以說生不如死。那個時候，我也著實體味到了蔡公時先生為何臨死不屈，大義凜然！那個時候，死簡直就是一種解脫。更為痛苦的是，你卻欲生不得，欲死不能。勞勞車馬未離鞍，臨事方知一死難。李鴻章曾用一首詩表白過當時簽訂《馬關條約》、《辛醜合約》這些喪權辱國條約的心情。前車之轍後車之鑒。儘管李鴻章當時是迫不已而為之，是光緒皇帝應允的，只是一個替罪羊而已。但那也是他心中永遠的痛。

哦，當時我還有一種夢想，那就是何時能一雪此恥？我曾想到希特勒一九四〇年六月二十二日作為戰勝國的首腦在巴黎北方貢比涅森林一小塊空地上同法國政府簽署停戰協議。希特勒為何選擇這個地方？因為他記得二十二年前，也就是一八一八年十一月十一日，也就是在這塊小空地裡，德國作為戰敗國與法國簽署了停戰協議。這一次，雙方的角色調了一個個兒。我如果能見證那一天的到來該是多麼痛快呀。

不過，後來我原本有機緣見證日軍在投降書上簽字的偉大時刻。尤其是一九四五年九月九日在南京那一次，當時我就在南京。我本來是有機會親臨受降現場的，親眼目睹岡村寧茨在降書上簽下他的名字，並蓋下他的印章。為此我還向總裁陳述過我要參加受降儀式的理由，總裁也表示他會認真考慮，但最終我仍未准許到場。總統府打來電話說人數有限，希望我能夠理解。人數有限？我才不相信這種鬼話呢。當時除美國、蘇聯、英國、法國的代表之外，中國方面近一千人參加，為何偏偏到我這裡就人數有限呢？我沒有說什麼，感覺總裁還在記恨我。當然是西安事變的事。再爭已經沒有任何意義了，放下電話後，我一屁股坐在沙發上，頓時感到心灰意冷。不用說，不能親臨現場看到當年趾高氣揚的日本人低頭認罪是我一生的遺憾。正是因為此願未了，我想死時也不會閉上眼睛。

在與福田的交鋒中，我竭力避談那紙他們早已擬好的協定，而想將話題引入我的軌道。我直言告訴對方，日方的損失我們可以談，而我方的損失呢？在此事件中，我方有兩千多名軍人被槍殺，有五千名無辜的平民百姓遭到殺害，還有蔡公時、張麟書這樣的官員遭到日軍殘暴……請問福田師團長將如何處置兇手？如何向我方賠償損失？

福田卻拒絕走入我設置的圈套，而是一味地強調，我必須先滿足日方的要求，也就是必須先在日方擬定的協議書上簽字。至於中方的要求，簽字後再談。而我明確告訴對方，本人只會在顧及雙方利益和重大關切的協議上簽字。

而日本人顯然不打算和我談判，或者說，壓根兒就沒有考慮北伐軍的要求。所以，他們總是一味地推脫責任甚至強辭奪理。看著福田在那裡百般狡辯，我心中暗暗叫苦，唉歎自己此行是難以完成使命了。我接觸過許多日本人，又在日本留學多年，知道在彬彬有禮的背後，日本人那副恃強淩弱、欺軟怕硬的德性。這是一個嗜血的民族，面對弱小者往往沒有悲憫之心。他們不僅對異族殘忍至極，對同胞同樣不會心慈手軟。因而將手無寸鐵的蔡公時、張麟書等人殘忍地殺害，並不出乎我的意料之外。而我自然隨時都有生命危險，所以我也作好了一死的準備。

由於我拒絕簽字，日本兵將我關進一間臨時改裝的囚室裡。說是囚室，裡面連床都沒有，只有一張木製的長條椅，更別提被褥了。好在天氣已進入夏天，我穿著一身灰色的中山裝，裡面只有一件白襯衣，晚上就蜷縮在那條長椅上。比環境更糟的是我的心情，睡不著，就胡思亂想。想得最多的是像蔡公那樣死去。我並不怕死，但求痛快地死去。

到了淩晨，氣溫驟降。在飢餓和寒意中我迷迷糊糊地睡了過去，醒來時已是上午十點。我是被一位自稱參謀的二十多歲的日本軍人弄醒的，他對我說：你不是要談判嗎？我們現在可以繼續談。我說，我已經一天沒吃東西了，就是想談也沒有那份氣力。說罷，無力地擺了擺手，似乎又要沉沉睡去。

那位參謀叫人端來飯菜，並看著我狼吞虎嚥地吃下去。接著，他開始跟我套近乎，面帶微笑地問：

「聽說先生曾留學日本？」

「是的。讀的士官學校，中國學生第五期。」我答。

「那麼說先生是我的師兄。我也是日本陸軍士官學校畢業，是第二十期。」

我苦笑了一下。我知道他這時套近乎無非是一種規勸的策略。日本人跟德國人一樣，總是目標堅定。而中國人則較重感情，若你想用情感去感化日本人，往往你是枉費心機。他們中的許多人都是冷血動物，尤其是軍人。

果不其然，那個傢夥就用看似友好的口吻勸我簽字。而我並不像大陸一些電影中所描述的那樣義正言辭、大義凜然地加以駁斥，相反，我同樣以一種友好甚至可以說討好的聲調告訴他，我不能簽這個字，因為這是賣國行為，為軍人所不恥。再說，我若簽了字回去也會被罵，從今往後有何臉面面對同胞，面對世人？到那個時候，即使我不選擇自殺，恐怕也會被他人的唾沫淹死……最後，我近乎動情地對他說，你既然是我的師弟，請替我想想，也請理解我，我實在是難以從命。

說實話，當時我還不想死。每個人都有求生的本能，死，無非是下下策，是不得已而為之。不錯，我們都是心懷理想的人，也願意為理想犧牲自己，但誰不想看到理想實現的那一天呢？能活到親眼目睹夢想成真的時刻，該是多麼幸福呀。在強權和暴力面前，在你處於極度弱勢的情況下，保全自己並不是懦怯的表現，相反它是一種智慧。像有些影視作品中的所謂「英雄行為」，以硬碰硬，只有莽夫和傻瓜才幹出那種事。

但接下來，那人的一番話卻讓我的心涼到了極點。他說，我本來是想幫你的，既然你這樣說，我也無能為力愛莫能助了。也許他從我的臉上看出了些許變化，一絲恐懼瞬間從臉上掠過。儘管只是一瞬，卻未能逃過對方的眼睛。他肯定捕捉到了，就像釣住了一隻咬鉤的魚，不僅沒有鬆手，還想用力一拉，讓那只鉤刺得更深更狠。也正是此時，他也露出兇殘的本相，威脅我道：

「先生不想安全回去嗎？」

「我是奉命行事，個人安危，不是我計較的。」我說。

我在日軍軍營裡關了三天。這時我已經做好死的準備。我甚至把死的方式想了好幾種：半夜裡被祕密處死，然後拋屍野外；或者像對付蔡公那樣故意激怒我，然後將我殘忍地殺害；或是打開大門讓我逃跑，然後一槍將我擊斃……日本人處死人的方式太多了，也許還有更離奇的死法在等待著我呢。其實，日本人並不想急於處死我。那段時間雙方在進行心理對峙：福田等待北伐軍作出讓步，給日本軍隊賠償和道歉；而蔣公則希望大事化小、小事化了，最好不了了之。

讓我沒想到的是，就在關押我的第三天，我的太太解救了我。作為一個富家小姐，我的太太在其父母的嬌生慣養之下已經變成一個膽大妄為的人。而作為一個女人，她覺得在男人面前自己更有優勢。這從她在家裡無禮取鬧、飛揚拔扈的行為可見一斑。但我還是錯誤估計她了，壓根兒沒想到她會跑到日軍第六師團的指揮部來大鬧一場。毫無疑問，她這一舉動不僅讓許多杠槍打仗的軍人感到驚訝，也讓那些西方記者大為讚賞。當時西方許多報紙都報導過她的事蹟，並將她描繪成為了愛情出生入死的鬥士。當然，西方人有自己的愛情觀，也許他們並不瞭解一個中國女子為了丈夫為了孩子所表現出超人的勇氣，中國歷史上就有許多「烈女」，而她們的動機或許與愛情無關。

詳細說來，太太先是去了北伐軍司令部，她在那裡高聲嚷著要找蔣總司令。但被告知總司令不在這裡而是去前線視察部隊去了。她當然不相信這騙人的鬼話，並堅信蔣總就在這棟小樓內，因而她幾乎是聲嘶力竭地同那位參謀爭吵，其目的就是想讓蔣總司令聽到。她說的大意是：我的丈夫被日本兵扣押三天了，是死是活音訊全無，而你們卻坐在這裡不管不問？我告訴你們，雪公在日本留學時就跟隨孫先生了，是最早的同盟會會員，比你們的總司令還早呢。就是這個人為革命做過許多貢獻，在許多關鍵時刻挽救過革命軍和國民政府，就在六年前，如果不是他去遊說王永泉將軍反正，說不定你蔣總司令連性命都保不住呢……這一次他冒著生命危險去跟日本人談判是為了什麼？是為他個人的榮華富貴嗎？說到底還不是為了革命，為了國民政府，為了你蔣總司令……噢，現在他被日本人扣押了，說不定隨時都會像蔡公時那樣被日本人殺害！你們卻不管他的死活了，你們就是這樣對待一個革命功臣嗎？你們還有良心嗎？！

參謀告訴她，他們並沒有不管不問，相反一直與日本第六師團保持聯繫，敦促對方儘快放人。總司令對雪公的安危也非常關心，上午臨行時還在詢問此事的進展。夫人請回去，安心等著，一有消息我們馬上通知你。

安心?我的丈夫關押在日本人那裡，你叫我如何安心?夫人對參謀的回答非常不滿，她指著對方的鼻子說，轉告你們總司令，我要活著見人死了見屍。

實話說，那個時候死人的事是天天發生的，不僅是普通士兵、低級軍官，就是高級將領也可能隨時死掉，因為子彈是不長眼睛的。再說那時，中國人的命不值錢。在戰火紛飛的年代，中國大地沒有一處是安全的。

事後，夫人對我說，那一次她已經做好了最壞的準備。但她只是不想坐在那兒等死而已，所以她既去了北伐軍司令部，後來又去了日軍軍營。去日軍軍營前她特意燃了一炷香，期望菩薩保佑她的丈夫能平安歸來。夫人去的那座破廟位於濟南城南一個荒涼的山窪裡，那裡住滿了北伐的官兵，不用說，他們把那裡搞得烏煙彰氣。夫人能找到它可謂是個奇跡。她在士兵的嘻笑中給觀世音菩薩磕了三個頭。她說，當時她就有一種預感，雪公能平安回來。她還許諾說，等我出來後一定要到廟裡還願。我倒是平安歸來，卻沒能去廟裡還願，因為日本人當晚就對北伐軍發起了攻擊，不僅是我就連總裁也是深更半夜被緊急叫醒而倉皇出逃的。

夫人去日軍第六師團司令部是不相信國民政府會設法營救她的丈夫。不過，她到日軍司令部後並不像在北伐軍那裡專橫跋扈，儘管她依然語氣堅定，卻儘量別惹惱對方。她明白那樣反而會要了丈夫的性命。夫人進去後，先是一位參謀面見了她，後來福田竟親自出來做她的思想工作。福田告訴她，你的丈夫只要在這份協議上簽上大名，就可以平安回去了。福田說著，將那一紙協約在她眼前晃了晃，似乎表明那對雪公只是舉手之勞。

夫人說他要見我，並儘量做通我的工作。我們很快就見了面。僅僅只是三天，我已變得面目猙獰。平時我是那種注重打理的男人，總以光鮮亮麗的形象示人，即便像這次隨軍北伐，對我這種級別的官員每天都有充分的時間來打扮自己。而在日軍軍營裡，我已變得鬍子拉渣，蓬頭垢面了。實話說，眼下的處境能保命就不錯了，哪有心裡去顧及形象？夫人進屋後，先是怔怔地望著我，口未說話，眼淚簌簌地往下掉。弄得倒是我先安慰她來。

「哭什麼？我這不還沒死嗎。」

坐下後，夫人將福田的話複述了一遍。而我則只好將其中的利害跟她講了一通。但她並不理解我所說的一切，她認為我現在有性命之憂，應先保命為要。留得青山在，不怕沒柴燒。我卻態度堅決，對此沒有絲毫迴旋的餘地。她又哭了起來，並試圖將我從這間囚室拉出去。而我則做好了一死的準備，開始向她交代後事。而這，只能讓她哭得更加傷心。

出於無望，她放棄了對我的勸告，轉而去找福田。福田只看了她一眼便知道了結果，並勸她回去，但她不走，說要與我同生共死。這時她主動回到關押我的小屋，全身蜷屈在那張木頭椅子上，一言不發。我先是勸她走，後來明白那同樣徒勞，也就不再說什麼，等待著事態的發展。

傍晚時分，那位自稱我的學弟的參謀過來了，他讓人打了門，告訴我們自由了，可以走了。夫人立馬高興起來，並急問：「真的？真的讓我們回去？」而我則緊盯著對方的臉，企圖讀懂他們的真實意圖。我想，這個時候，日本人讓我走無非兩個意思，一是殺了我們，二是覺得我不會在協約上簽字的，再鬪下去也是無益。兩軍交戰，不斬來使。這是一條公理。但日本人往往不管這一套。強權即公理。弱者向來受欺侮。我已是見怪不怪了。

這一次，日本人沒有開槍，我們終於逃過一劫。不過在路上，夫人一邊緊緊地抓住我的胳膊，一邊不時地往回看，看是否有人跟在後面。我知道，那是沒有用的。日本人要打黑槍，我們必死無疑。我只有一個信念：趕快逃離虎口，越快越好。不用說，我們的心都提在嗓子眼兒，我甚至能清晰地聽到夫人的怦怦心跳。

第七章

我和表叔談起玉兒。表叔透露玉兒不為人知的一面。雪公同玉兒來到奉天，肩負祕密使命。東北已成各方勢力角力的舞臺。雪公在牌桌上敲定「東北易幟」。

表叔和我

許是為了躲避眾人，許是為了看看更多的地方，有那麼幾天，我和表叔一直在隨州城裡轉悠。表叔想從中尋找昔日的印記，但這個城市已是面目全非，舊貌換新顏了。往日那些讓侵華日軍都嘖嘖稱慕的古建築已蕩然無存。聖宮、老通城、觀音堂、四周的城門，這些再也找不到半點蹤跡。讓人唏噓的是，這些建築並非毀於戰火，而是在「破四舊」和「文革」中遭受浩劫。但地名還在。站在聖宮飯店的門前，眼望鋼筋混凝土建成的四四方方的飯店，表叔半晌不語。我想，表叔一定痛心不已。

我出生於上世紀六十年代初，對那場浩劫記憶猶新。砸碎舊世界，建立新中國。這個口號當時是如此響徹雲霄。在這個口號之下，人們的破壞欲望發揮得淋漓盡致，到了瘋狂的程度。人們受一種激情的神祕主義的觀念驅使，在所謂「合法」的幌子下，幹著只有野蠻人才幹的勾當。文物古跡的毀壞固然可惜，但人們心中的「文化觀念」的毀壞則更為可怕，重建的時間則更加漫長。

夜晚降臨，我們則在小吃攤前流連。表叔嘴上一直在說，對於八十歲的老人，晚餐最好不吃或儘量少吃，但他還是忍不住吃了不少於五樣以上的風味小吃。故鄉的味道。你知道嗎？表叔邊吃邊對我狡黠一笑。

晚上，我們就在那家聖宮飯店住宿。一個標準間，兩張單人床。在表叔洗澡的時候，我打開了電視。從浴室出來後，他要求我將電視關掉。我們還是說說話吧，表叔說。繼續說說雪公的故事。

可表叔開口卻說起了玉兒。我想，表叔對這個女人一定有一種特別的情感。怎麼說呢，這個女人一定是表叔心中那種完美的女人。也許完美一詞還不夠準確。哦，哦，一種理想之中的女人。

對，她就是許多男人理想中的女人。你懂嗎？

我懂。

我曾遇到過這樣一個女人。那是在上大學期間，我遇到一個叫莉莉的女孩。她並不特別漂亮卻是如此與眾不同，一種大家閨秀特有的氣質。她的每一次舉手投足都讓我這個鄉巴佬癡迷，當然，也包括她說話的聲調。她超出了我的認知範圍，只存在於電影和小說之中。後來我瞭解到她出身於高級知識份子家庭，父母都是大學教授。一種超凡脫俗的基因早已注入她的血液。莉莉也一直是我暗戀的對象，我從未企求與她戀愛，更不說走進婚姻的殿堂了。我甚至不敢企求成為她的朋友，與她促膝交談。不過，這麼多年過去了，我對她一直未能忘懷。這麼多年來，無論是同學相逢，還是其他與她有關的場合，我總是旁敲側擊地想得到關於莉莉的任何資訊。我時常會在電腦上敲出她的名字，期待著獲得她的蛛絲馬跡。當然，我最感興趣的還是她的婚姻。讓我驚詫的是，她結過兩次婚，就是現在，仍然過得不幸福。開始的時候，我曾抱怨那些跟她結婚的男人是個混蛋而不知道珍愛她。我曾設想，如果我是那個男人，我一定將她捧在掌心視若珍寶。再後來，我終於明白，莉莉這樣的女人，也許並不適合做一個相夫教子的妻子。老天造就了她，只是讓世人欣賞的。而且是遠遠的欣賞。就像欣賞一件奇異的古玩。

我告訴表叔，像玉兒這樣的女人也許有讓人不能忍受的怪癖，所以這種女人是不適合做妻子的。她與雪公最終沒能走在一起，對雙方未必是件壞事。

我看到表叔露出驚詫的目光。我敢說表叔從來就沒有考慮這個問題。怪癖？沒有。別說怪癖，我甚至在她身上看不到一點兒瑕疵。在表叔的心中，玉兒就是完美無缺的象徵。我敢說，這是因為表叔與玉兒走得還不夠近的緣故。哦，他們怎麼可能會走得很近呢？如果表叔心中升起那種想法，他也會像面對黑暗中點起的油燈，毫不猶豫地一口氣將此吹滅的。那種想法會讓表叔有一種深深的罪孽感，一種可以稱得上亂倫的罪惡感覺。所以他只能站在遠處欣賞她、呵護她。而玉兒恰巧生來就是那種讓人欣賞和呵護的角色。

表叔的獨白

表侄的話讓我驚詫萬分。玉兒是那種有怪癖的女人嗎？而且這種怪癖讓人不能忍受？過去我從來沒有思考這個問題，從來沒有。在我心中她代表著完美無缺，假若世界上還有完美的女人的話，那非玉兒莫屬。這就是我的想法，至少過去我是這樣想的。

現在我或許不這麼想了。表侄的話就像一道閃電劃破了沉寂已久的天空。藉著這道閃電，我在天空中找尋過去不曾發現的東西。過去，這片天空一直被掩飾起來。不僅僅是玉兒，還有雪公，都為這片天空拉上了帷幕。而如今，它被無情地拉開了一角，讓我窺視其中真實的面貌。

沿著拉開的帷幕，我看到記憶的天空浮現出不一樣的東西。是的，儘管它異常隱密，但我還是將此打撈了上來。這就像你將手伸進潺潺流淌的泉水中只感覺到清涼和快意，卻忽略了那些從指尖滑過的細小生物。

這或許是一個長期獨處的女人逐漸養成的怪癖。現如今，社會上就有許多三十歲以上甚至四十多歲的「剩女」，她們也渴望將自己嫁出去，然而一旦成家之後其婚姻生活並不幸福，在經過一段時間的相互撕扯之後，許多人選擇了分手。過去我並不理解他們為什麼這樣做，現在我終於明白，這些「剩女」或者「剩男」都有讓對方不能忍受的怪癖。

玉兒的怪癖又有哪些呢？我喜歡大城市。這是玉兒常掛在嘴邊的一句話。當雪公說老了之後就告老還鄉，在隨州這個小城頤養天年的時候，而玉兒總是笑著說，隨州是養不活我的，我喜歡大城市。

話雖這麼說，在一九三六年的夏天，當雪公回到故鄉時，玉兒還是一同來了。況且這裡還不是隨州城，而是離隨州城二十公里的小鎮。在初來乍到的時候，我看到玉兒是那樣的興高采烈，一時間，她似乎對這裡的一切都充滿好奇。緩緩流淌的溳水河，繁忙而骯髒的碼頭，古樸而雜亂的街道，還有獨具特色的風味小吃。這個地方只能住七天，最多十天。是的，七天之後玉兒就對此厭倦了，她不想再出門了，而是心煩意亂地待在家裡。我聽到了她與雪公的爭吵，遠遠地，從兩人居住的房間傳出。當然我並不知道爭吵的內容，以及他們為何爭吵。因為只要有第三人在場，玉兒立馬會笑臉相迎。就像一個進入照相館的女孩子，總是把最好的一面展示在眾人面前。

那個時候，我總是猜想他們是在為婚姻而爭吵，想當然地，玉兒一定在要求雪公離開妻子而與自己結婚。我從沒有問過雪公這個問題，因為這顯然超出了我的職責範圍。雪公也從未與我談過此類話題。他是一個非常隱忍的男人，從不輕易地告訴對方自己的心思。就是好事他也很少與人分享。我不知道他肚子裡有多少祕密爛在那裡，這也讓他變得抑鬱，獨處時自言自語，尤其是晚年其抑鬱症已經非常嚴重。不過在上世紀五十年代，誰把抑鬱症當作一種病呢，人們更願意把它看作是一種老年癡呆。而他之所以把自己的經歷寫出來，拿他的話說就是對抗那該死的抑鬱症的結果。

在接下來的時間裡，我們總是不斷變換居住地點，從一個小鎮到另一個小鎮，或者從縣城到鄉下來回奔波。很奇怪就這樣來回折騰了三個月之久。在我的印象中，玉兒住得最久的是北京、上海、南京這三個城市。在這三個城市中，她更喜歡北京。也就是那時的北平。她說北京有海納百川的胸懷，容得下三教九流各色人等。不像上海人有一種自鳴得意的優越感，對外鄉人不時露出一臉的不屑。

玉兒於上世紀七十年代過世，比雪公晚了十幾年。而不是雪公夢中所顯示的已經先他而去。如果我早十年去北京，或許還能見她一面。在北京，我找到了玉兒居住過的四合院。鄰居們還能講出許多她的故事來。年輕人稱她為一個優雅、孤獨的老太太。而年長的人則把她說成是一個風流的交際花，在上世紀四五十年代，她的身邊總是圍著一大群男人：作家、畫家、戲子等等，有些人還相當有名。這些人把這個小院搞得烏煙瘴氣且熱鬧非凡。玉兒對寫作、畫畫、唱戲樣樣精通。有位老人說，她見過玉兒畫的人物畫，而她畫得最多的是一個年輕男人的形象，有穿著長衫的，有穿西服的，有穿軍裝的。當然穿的是國民黨的軍服。這成為她後來在「文革」挨鬥的證據，她也落了個「國民黨軍官的婊子」的罪名。

這些畫在「文革」中被付之一炬。從此玉兒也再不畫人物畫了，只畫山水和花鳥。

【雪公自述】片斷

儘管北伐軍在攻打濟南時受挫了，但接下來轉戰江浙時卻勢如破竹。這些人心中都有一個信念，那就是自由、平等的人生理想。這也難怪，這些人都來自中下層家庭。過去，我們覺得皇帝是神聖不可侵犯的，是天子，是君權神授，一旦有所冒犯就會天怒人怨。後來，皇帝被趕跑了，天怒人怨的事情並沒有發生，人們於是歡欣鼓舞。正因為皇帝下臺了，人人都可以當家作主，出人頭地。這對生活在社會底層的人們該有多大的吸引力啊！所以，北伐軍也迅速發展壯大，成為一支百萬之師，一支英勇威猛之師。

哦，在當時，自由、平等的觀念似乎就是我們的宗教信仰，我們就是高呼著自由、平等的口號奔赴各自的戰場英勇殺敵的。說起來又是多麼違背常理啊，我們正是以自由、平等為旗號的殺戮剝奪了他人的自由、平等。但是你要想想，除了中上層軍官以外，這支隊伍中更多的人則是文盲，他們只明白簡單的道理，也就是說，他們只知道以個人為中心去行動而絲毫不去顧及他人的感受。那時候的人們熱衷於殺戮和暴力。肆無忌憚地殺人不僅不會受到懲罰還會得到獎賞，使一些人原始的天性充分顯露出來。而這種暴力傾向首先源於他們心中積壓已久的義憤，現在終於有了宣洩的機會，誰又會錯過呢？哦，你只要看看在戰場上那些殺紅了眼的士兵扭曲的臉，看看他們毀滅一切的狂熱勁頭，你就知道戰爭是多麼可怕。而信仰則是推動這一切的力量。

在自由、平等的名義下，我們不僅取得了道義上的勝利，同時也取得了軍事上的成功。一九二七年四月，在南京，國民革命政府宣告成立。六月和七月，新疆的楊增新以及熱河的湯玉麟宣佈易幟，歸順於國民革命軍旗下。中國歷來就有「不戰以屈人之兵」的軍事理念，不費一槍一彈讓對手歸降於你，自然是上上之策。至少在那些有較高文化素養的指揮員那裡是這樣想的。話又說回來，即使是楊增新、湯玉麟之輩，他們也不會主動投懷送抱，在易幟的背後是我們這些人在一條看不見戰線上的生死較量。在楊、湯易幟之後，國民政府把目光都集中在東北軍那裡，也就是張學良的身上。而我，就是那位改變歷史的人。

當時在國民政府首都，到處都洋溢著新生的氣息。人是新生的，我們這些農民、工人、商販的後代，如今已經成為權重一時的人物，呼風喚雨，叱吒風雲。「出有百人執杖，入有佳人捧觴」。而這個古老的帝國正在獲得新生。皇帝已被貶為庶民。男人不再要求留辮子，衣服也不再是清一色的長袍馬褂，年輕人穿著西服和中山裝。見到官員時不再屈膝下跪，你甚至可以與自己職位高的人握手寒暄。更重要的是，治理這個國家的官員正在秉持著平等、自由的政治理念。這對於長期受奴役的人來說該是多麼歡欣鼓舞啊。

人啊，又是多麼變化無常。從一九二七年到一九四八年，短短二十年時間，我們從一個解放者搖身一變為獨裁者，當共產黨人打著同樣「自由、平等」的旗號與我們決戰時，歷史開始重演我們當初的經歷。其結局也是驚人的相似。

在國民政府成立之初，我被任命為國民政府首任參軍長，輔助國民政府主席處理與軍事有關的事務。對這個任命，我說不上高興也說不上不高興。在有些人眼裡，我們這些文職官員無形之中比那些馳騁疆場、建功殺敵的人略低一等，稍輕一級。就像那些傢夥都是身材魁梧的壯漢，而我們則是弱不禁風的瘦子。

這次任命很難說是公平的，但至少是論功行賞。但這個國家遠遠沒有統一，況且還有蠢蠢欲動的日本人。此外，今後到底是定都南京還是北平，大夥意見不一。待到全國統一的那一天，勢必經過一次重新洗牌，官職將會重新調整。這是許多明眼人能看明白的。建功立業，無疑成為許多人暗暗較勁的動力。所以說，去做張少帥的工作，促其東北軍易幟，就成了我急於想幹成的大事。

就在前不久，發生了震驚中外的「皇姑屯事件」。一時間，傳言四起，有人說是日本人製造了這樁血案，也有人說是俄國人所為。可謂公說公有理，婆說婆有理。有一點卻是肯定的，那就是張學良從此子承父業主政東北。這個著名的「花花公子」能夠確保一方平安以致不會落入日俄之手嗎？這是許多人所顧慮的。答案也是肯定的。更讓人擔心的是，為鞏固自己的地位和權威，少帥開始對一些位高權重的老臣進行了大清洗。沒有這些人的輔佐，東北岌岌可危也。大夥的擔憂在三年後的「九．一八」得到了印證。

當日本人在東北挑起事端的時候，少帥卻在千里之外的北平過著紙醉金迷的奢華生活。群龍無首的東北軍很快就放棄了抵抗，拱手將大好河山送給了日本人。

其實「東北易幟」之事早在北平西山碧雲寺為孫先生祭靈時就開始商談了。祭靈只是一個旗號，說得更白點就是一個幌子，本質是促成國家一統。那個時候，除了孫傳芳、張宗昌這樣的頑固派外，大多數軍閥還是有意統一在青天白日旗下。那次祭靈少帥並沒有親臨現場。不過許多大佬都來了，包括馮玉祥、李宗仁、閻錫山等人。少帥沒來卻派代表來了，並捎來了口信，大意是「決無妨害統一之意」。意思已經很明確了。接著雙方商定易幟的日期，第一次定在七月二十四日，後又改為八月十三日，再後來東北方面又要求延期。很明顯這是多方勢力爭奪的結果，日本人在其中的作用不可小覷。許多人心裡開始打鼓，夜長夢多，唯恐生變。

說起來我和少帥的交往很早就有了。這些年來，我一直往返於各大軍閥之間，並與許多人建立了深厚的友情。比如桂系的白將軍，我們就是無話不談的朋友。有一次我去山西面見閻司令，借道北平時在日本陸軍士官學校的同學韓麟春安排下，與少帥面見過多次，並作過深入交談。雙方都有相見恨晚之感。記得我第一次去山西時，少帥甚至派自己的座車將我送至太原。有一次在上海，他也是親自安排人員護我出境。在許多「花花公子」身上都有一些江湖義氣的成份，少帥自然也不另外。

我去奉天的時候帶上了玉兒，這樣也是做給少帥看的。我並不是一個一本正經的君子。這也拉近了我和少帥之間的距離：兩人都有共同的愛好。是的，我們在一起的時候總是談起女人，還有男人追逐女人的一些軼事。女人總是多變，這使得男人們對女人有著談不完的話題。玉兒就是一個多變的女人。這也是這個女人魅力的一部分。如果一個女人總是一成不變的話，你很快就會膩味的。這段時間裡，玉兒總是跟我講一些關於男女情愛方面的趣聞，這些趣聞即使在今天看來也非常變態，但不可否認的是，它會挑起我們的情欲。故事的開頭一般是「我的一位女友」，但我知道這是玉兒編造的，我並不想說破。重要的是它能激起欲念，這一點就夠了。

到了奉天之後，我驚訝地發現少帥變了。俗話說不當家不知柴米貴。自從大帥罹難之後，也就是少帥掌權之後，他陡然發現在幾股勢力之間周旋是多麼的不易。在奉天，有日本人、俄國人、國民政府、保皇派，甚至還有內部的爭權奪利。少帥說他每天都有一種被撕裂的感覺。這滋味一定不好受。有人說，當一個兒子成為父親之後，他方才體味到父親的艱難。

但我深信，少帥想與國民政府合作這一點並沒改變。但他又不想得罪日本人。這一點同樣明顯。那時在奉天的日本人都是一幫兇殘的傢夥，得罪他們就意味著性命不保。大帥就是前車之鑑。

不怕領導講原則，就怕領導沒愛好。這句話真是一針見血。吃喝嫖賭抽，少帥可以說樣樣占盡。這種人是最容易擺平的。這其間發生了一件事，讓玉兒跟我大吵大鬧了幾天。玉兒或許能容忍我的任何出格的舉動，卻不能容忍我在她的眼皮底下尋花問柳。我告訴她這是工作需要，是投對方所好，但玉兒依然不依不饒。

事情的起因是這樣的。在一次午後的閒聊中，少帥神祕地告訴我奉天有一家妓院，是外國人開的，裡面全是漂亮的外國妞，金髮的、紅發的、銀髮的，當然還有黑髮的。不僅有俄國、法國、美國妞，還有從非洲運來的黑妞。一般人對黑妞不感興趣，其實這些人沒有真正接觸過年輕的豐滿的性感的黑人妞，她們的皮膚就像巧克力一樣誘人，也像巧克力一樣潤滑，令人垂涎欲滴。

我自覺是一個見多識廣的人，就是在女人方面，我也是一個閱歷豐富的男人。然而，聽了少帥的一席話後我方才覺得自己是如此的孤陋寡聞。我當時一定像個傻瓜一樣，張著大嘴一味憨笑。少帥也看出了我的窘境，笑著問我想不想去開開眼界？好啊。我似乎是毫不猶豫地答應了。

在約定的那天晚上，少帥並沒有如約前來。後來他一邊向我表達歉意，一邊解釋說是手下人管得太嚴，說去那些地方有危險，並希望得到我的理解。我連說「理解，當然理解」。自從大帥出事之後，少帥的行動就受到了嚴格的限制。他的頭上就像懸著一把達摩利斯之劍，隨時都有生命之虞。握著劍柄的無疑是氣焰囂張的日本人。所以，少帥雖然對日本人恨之入骨，卻又不得不陪著笑臉。

那天晚上並非是我獨自一人前往，身邊還有幾個保膘，以確保我的人身安全。那天晚上的經歷也並非像少帥描繪的那樣美好，首先，在語言溝通上就存在很大的障礙。在外語中，我只對日語運用自如。至於英語，可謂半生不熟。那個黑人小妞的英語同樣讓人如墜雲中。如此一來，我們似乎連簡單的交流就無法順利進行，儘管她的皮膚如巧克力般潤滑，做起愛來同樣了無情趣。應該說情愛最吸引人的部分就在情趣上，而情趣又多是通過語言表達的。沒有了語言上的交流，何有情趣可言？更讓人氣惱的是，你在上面吭哧吭哧幹得大汗淋漓，她在下麵一點反應都沒有，活脫脫一堆行屍走肉。事後，我想少帥也一定是在吹牛，他對黑妞的美妙描述也多是出於想像。

當我回到寓所，發現玉兒不僅沒睡，而且燈火通明。我不明白玉兒為何把房間的燈全部打開？後來才明白她是想清晰地觀察我臉部的細微變化。用她的話說就是看清我的醜惡嘴臉。一開始我並不明白這一點，所以當我伸手關掉燈後，玉兒又迅速打開。接著就是厲言聲色地逼供：

「你晚上幹嘛去了？」

「和少帥打牌了，怎麼啦？」我故意裝出一副無故的樣子。

「打牌？少帥晚上壓根兒就沒去打牌。你連慌都不會撒。」

這是訛詐。我覺得可笑。訛詐，往往是我們這些謀士們使用的伎倆。可玉兒什麼時候也學會了，而且恰好用在我的身上？我笑著走近玉兒，並試圖撫摸她的肩膀，卻被她揮手推開了。玉兒怒火正熾，且擺出一副不依不饒的架勢。

「你到底幹嘛去了？你現在給我講清楚！」

我堅稱自己去打牌了，並說少帥可以作證。我想，即使明天玉兒問詢少帥，他也會幫我圓場的。這時，玉兒突然哭了起來。一邊哭一邊收拾行李。她罵我是個無賴，是個騙子，這一輩子再也不會相信我了。還說我毀了她的生活，甚至把她整個兒全毀了。她要一個人回北平去，現在就走。

這正是我的痛處，我無解的斯芬克斯之謎。我本可以娶玉兒做我的二姨太，但她不肯，說什麼不願和另一個女人分享。所以我只能二選一。除此，別無選擇。

面對玉兒威脅要離開，我只能一個勁兒賠禮道歉，好話說盡，還保證說下不為例，再也不去煙花柳巷了。一直說到她心軟下來。事後，我問玉兒怎麼知道我在外面尋花問柳？玉兒神祕地說那是一個女人的直覺，並說女人的直覺一般是沒有錯的，尤其是在男女之類的事情上。

實話說，我並不是一個能安靜下來的人，內心總是躁動不安。好像萬事均不如意，又好像上天總是虧對於我而厚待了他人。儘管在臨事時我能表現出一貫的冷靜、從容不迫，尤其是那些大事發生的瞬間我常常表現得鎮定異常，這也並非我會表演，而是我見識過太多的事情，太多的悲歡離合、大喜大悲。如果你經歷過太多的大事，你一定如我一般臨危不懼。在那個山河破碎、國破家亡的年代，每天都有驚天動地的事情發生。就像後來的重慶，一條街上人們正興高采烈的做著生意，突然間一發炮彈從天而降，頓時血肉橫飛，鬼哭狼嚎。然而，不等到第二天，人們照樣在那兒做著生意，照樣喜笑顏開。也就像後來人們常說的，哭是沒有用的，生活還得繼續。

我這麼說你該明白了，其實在安靜的外表下，隱藏的是一顆躁動不安的心。能不躁動嗎？臨行時我帶來了十萬銀元，現在已經花得差不多了，而事情卻八字沒有一撇。有的時候我想和玉兒一起到外面走走，但被告知什麼地方不能去，什麼地方是間諜聚會的場所，而那些日本特務是無孔不入的。說不定他們先就掌握了我的詳細情況，只等機會下手呢。所以，為了我的安全起見，我哪兒也不能去。

先來那會兒，我們自己挑了一家豪華酒店住下，待與少帥接洽並呈上總裁的親筆信之後，我們被安排在少帥府裡。這裡日夜都有士兵把守，可謂三步一崗兩步一哨。正如負責安保的人士所言，一隻蒼蠅都難以飛進來。少帥在家的時候我們幾乎天天見到他，如果他不在家，我和玉兒只有圍著這個偌大的府邸來回轉悠。頭兩天我們對這裡的一切均覺新鮮，時間一長我們認為只有外面的世界才覺新鮮。後來，就連樹上的鳥兒也不把我們當做外人，它們吱吱喳喳地叫著，似乎想告訴我們尚未知曉的祕密。

每次少帥從外面回來，府內總能引起一陣不大不小的騷動。就像一個酒鬼被踢了一腳突然驚醒一樣。當然驚醒的不僅是人，還有狗，甚至還有花草樹木。

漸漸地，我們也習慣了這裡發生的一切。當衛兵打起十二分精神挺直腰杆立正站著的時候，當人們來回小跑的時候，當有人低聲指使手下快去幹這幹那的時候，我和玉兒也會停下腳步駐足觀望。遠遠地，少帥也會看到我倆，或揮手致意，或大聲吆喝著要我們陪他一起吃飯，或晚上打幾圈麻將。我總是欣然應允，同樣大聲地回應：好的，好的！

不過也有另外，那是隨同他一起回來還有一個女人，一個非常特殊的女人時，少帥會對著我調皮地擠一下眼色。我也回以會心一笑，明白他的意思。這個時候，玉兒總會對那個剛剛下車打扮華麗的女人品頭論足一番，言語中不乏挑剔之詞。當我說出這個女人是位名聲顯赫的影星，或是紅得發紫的戲子時，玉兒更是不屑一顧，並說那人不過如此，並沒有傾城容顏。哦，就連腳邊的小狗都能嗅出玉兒心中的醋意。

接下來，玉兒會問我怎麼認識她們？我會說在某個慈善晚宴或是某個明星雲集的場合見過她們。你跟那個人熟嗎？你們交談過嗎？跳過舞嗎？就差點兒沒問我們上床沒有？我會說我們交談過，但恐怕我還記得她們而她們早忘記我是誰了。玉兒掩臉笑了，並說，我就說了嗎，你長得賊眉鼠眼的人家怎會看上你呢？

我長得賊眉鼠眼？我笑著問。

差不多吧。玉兒同樣逗樂了。

儘管那時候少帥常常跟我稱兄道弟，但我卻不敢越雷池半步，從未跟他兄弟相稱。表面上我不卑不亢，可心中每每將他置於最最重要的位置，其中既像師弟之於學長，又像部屬之於上司的關係。這種關係既微妙又尷尬，因而對待易幟一事，我既不便直言相告，又有些急不可奈。我那樣子就像闖進瓷器店的鄉巴佬，既小心翼翼又充滿驚喜。也就是說，我只能用一些比喻的方式來試探少帥對此事的態度。

比如，在一次打麻將時，我見少帥打出一張「五條」，便趁機道：

「此五條就像五色旗，少帥棄之正是時候。」

又一次，我打出一張「一筒」，少帥吃進後說：

「這『一筒』就像青天白日旗，雪公為何棄之不要了？」

我隨即道：「這是專為少帥準備的，您要多少我都願意奉送！」

說罷，大夥哈哈一笑。

玩笑歸玩笑，少帥遲遲不動讓我心急如焚。如果說，我那時就像熱鍋上的螞蟻，一點也不為過。這個時候幸虧有玉兒陪在身邊，否則我真要發瘋的。玉兒不僅給我安慰，還給我出了許多主意。有時我們會整天整天坐在房間裡，有時也會整夜整夜躺在床上密謀著一切。我們想好了一個方案，然後去完善它或者去推翻它。隨著新年的臨近，我們更加急不可奈。南京方面不斷發來指令，要求我務必在一九二八年年內將此事搞定。每次，我接到這類密令時總是破口大罵，罵總裁，罵那些官僚，也罵自己。我將那些紙條撕得粉碎，然後使勁扔在地上，再用腳去踩去跺，直到它們變得模糊不清，似乎還不解恨。這時，玉兒或斜坐在沙發上無奈地望著我，或倚躺在床上臉上發出嘲弄般的微笑。

十二月二十七日，我決定孤注一擲。成敗在此一舉。我已經想好了最壞的結局：雞飛蛋打。時間不等人，我已經顧不得那麼多了。

上午，我將幾位平日與少帥打得火熱的親信召到住所，每人給予一個布袋，那裡面可是沉甸甸的銀元。我告訴他們，少帥已多次當面表示願意易幟，苦於內外壓力，他個人不便親自去辦，各位均是少帥心腹，應該體察少帥難處，一旦機會來臨，各位就見機行事，早早把易幟一事替少帥辦了。這既於黨國有功，又減輕了少帥的負擔。這些人自然心知肚明，連忙點頭應允。臨行前，我將一面青天白日旗交給對方，希望他們不辱使命。

二十八日，星期六。下午，少帥正好在家。我看似無意地在少帥官邸蹓躂，圍繞那幢俄式洋房轉了一圈又一圈。但我從未朝房子裡面偷偷瞟上一眼，儘管我心裡多麼想一睹其中的祕密。看上去我只對周圍的樹木感興趣：四季長青的雪松，映有「人眼」的白樺樹。是的，我被那些「人眼」吸引。我從中看出了自己：一個滿含淚水的男人。

少帥在召喚我。從口氣裡辯別出他已經看見我好一會兒了。我循著聲音望去，少帥站在窗邊，身著一件繡有綠色圖案的紫色長袍，手裡拿著煙斗，隔著窗玻璃揮動著拿煙斗的手臂。由於內外溫差很大，窗玻璃上掛著條條水珠，就像我心中流淌的淚痕。我一陣心悸，有種不祥預感。

少帥在說什麼，我沒聽清。我指了指前門，隨後走了過去。在這樣一個無事的午後，玩幾圈麻將是消磨時光的最好辦法。我的手氣背到了極點，可以說我就是千方百計地想贏一把都難，更不用說我是有意輸了。我真是心亂如麻。但我必須表現得興高采烈的樣子。巧的是，少帥的手氣卻是出奇的好，當我接二連三地輸掉幾把大牌之後，少帥打趣地說：

「再這樣打下去，雪公恐怕要穿著褲頭回南京了。」

我只有苦笑以對了，並說麻將也真是欺負人呢。有時我會故意輸錢。儘管做得天衣無縫，但那牌仍在我的掌控之中。就像我掌控著自己的命運，讓它偶爾滑出預設的軌道，為的是尋求新鮮和刺激，只要我轉動方向盤它立馬重回正軌。也像兩個國家為了某種政治需要，或是為了國民的呼聲，不得不發生小小規模的武裝衝突。在邊境線上，或是在海岸線上小小地打一仗。看似聲勢浩大，實則雙方都心知肚明。而這一次易幟，甚至是這場牌局，都讓我感到已經失去控制。一匹脫韁的野馬，或是一輛沒剎的汽車，它到底衝向何方只有天曉得。

我剛才說過，少帥的手氣總是出奇的好。這時，他和了一把「筒一色」、「一條龍」帶自摸。這是一把難得一見的天牌。少帥倒牌後站起來手舞足蹈，樂不可支。我也站起鼓掌，趁機說道：

「少帥的門前已是『青天白日旗』了！」

少帥隨口應和：「此舉能否算是易幟？」

「當然，當然！」

沒想到機會來得如此突然，我連向身邊的幾位親信使眼色。這些人自然明白，隨即走出大門。不一會兒，有人進來報告說，司令部門前的五色旗已經換上了青天白日旗。少帥一聽，指著我說：

「看來我落進了雪公的圈套。」

而我卻說：「如今南北一統，少帥功勳蓋世，必將青史留名！」

這時，少帥的臉上掠過一絲憂慮。我知道，他是擔心日本人會有何反應？出乎意料的是，這次東北易幟，日本人並沒有過急反應，只是象徵性的表達不滿而已。少帥懸著的心終於落了地。大夥都非常高興，到處是歡聲笑語。表面上我見人就拱手道賀，背地裡卻高興不起來。如果日本人為此大吵大鬧，甚至做出出格的舉動，我倒心裡好受些。他們如此平靜卻讓我暗暗擔心起來。

我的擔心到一九三一年九月十八日得到了印證。俗話說，咬人的狗不叫，叫得凶的狗不咬人。看來那時候日本人還沒有作好戰爭準備，同時他們可能還要看看易幟之後東北軍與國民政府的緊密程度，也就是說，如果日本人打東北軍的話，蔣的嫡系部隊會不會出手相助？若是出手的話幫到什麼程度？這都是日本人所要考慮的。但在那個時候，也就是一九二八年前後，日本人加緊了佔領中國東三省的準備。

不僅是我，在奉天，玉兒同樣有那種憂慮。在結束一天的應酬之後，我們回到房間後，玉兒會問我同樣的問題：

「日本人的反應太不正常，太出乎我的意料了。」

或者是：這裡太平靜了，太奇怪了，就像風暴來臨前的海面一樣。我們還是快走吧，再說你的使命已經完成了，大功告成了，也就不需要繼續留在這裡了。我們還是趁早離開這個是非之地。

儘管氣氛不對勁兒，但憑直覺日本人還不至於馬上動手。我們應該有充裕的時間做完餘下的工作。首先，必須舉行一個簡單、小型的儀式，並將這次「東北易幟」通電全國。同時，中央政府還需委派一名代表來東北參與軍政要務。

所有的工作都在兩天內完成了，然後我們起身告別，和少帥以及他人一一擁抱握手，互祝好運。然後我和玉兒先乘火車到北平，再後來我獨自回到南京面見總裁，接受他的祝賀和青天白日勳章。一路上，我總有種奇怪的感覺，那就是有幾個日本特務一直跟蹤著我，並伺機將我一槍崩掉。所以在火車上我總是緊張兮兮的，神經質地東張西望，企圖躲避敵人的明槍暗箭。

在換乘汽車的時候，我總是讓司機將車子開上一圈之後再上車，生怕特務在車上安放了炸彈或是在剎車上做了手腳。在回到南京的家中見到妻兒之後，我才長長鬆了口氣。

第八章

歌劇《洪湖赤衛隊》牽出雪公一段舊事。我欲為雪公辯護卻遭到眾人「圍攻」。雪公敘述一九三〇年底對洪湖、黃安一帶的「圍剿」。捉到女赤衛隊長。雪公把一枚獎章掛在船妓的脖子上。

歌劇《洪湖赤衛隊》

有一年年初，我在武漢參加省作協舉辦的筆會，其間去看了一場歌劇《洪湖赤衛隊》。確切地說那不是一場正式演出，而是一次彩排。因為演出時間安排在下午。在演出結束後離晚宴還有一個多小時時間裡，省歌舞團組織主創人員與作家們開展座談。我的發言非常靠後。因為我覺得已經接近開飯時間而領導們還沒有講話。當主持人點到我的名字時我一邊表示沒有什麼好說的，一邊指著手腕那塊英納格表說把剩餘的時間留給各位領導。但主持人則堅持讓我說幾句，由於沒有準備，也由於沒有講話的願望，所以我的發言顯得遲疑不決和層次混亂。因為我一直在搜索枯腸想說點有意思的東西。再說我一向對那種高大上的形象和催人淚下的表演，天生有一種抵觸情緒，覺得過於虛假。韓英與彭霸天的鬥爭的確是你死我活的較量，但一味抬高英雄或一味醜化敵人的做法都不真實。一個有這樣那樣缺點的英雄同樣可愛。敵人也一樣。一個人往往是因為自身的缺點而被周圍的人所喜愛，正直、剛毅等優點只能讓人欽佩並敬而遠之。

我的東扯西拉已經讓在場的許多人皺起了眉頭。我也迅速意識到了這一點，並打算再扯兩句就結束這次糟糕透頂的發言。似乎是無意之中，我提到了我的舅爺雪公，並說一九三一年前後雪公擔任武漢行營主任兼湖北省政府主席。《洪湖赤衛隊》的故事正是發生在這一時期。我還進一步地說，此劇看起來是赤衛隊隊長韓英與湖霸彭霸天之間的生死鬥爭，其大背景應該源於雪公主政下的鄂豫皖邊區的「剿共」行動。

我的這番話好像捅開了「馬蜂窩」，於是大夥七嘴八舌地說開了，其中有幾位年長的人顯然為此劇做了一些功課，因而他們熟悉這段歷史。這其中包括那位頭頂鋥亮的編劇和白髮飄飄的導演。尤其是那位頭頂無毛的編劇更是激憤滔滔，他先是大罵國民黨的黑暗統治，繼爾又罵雪公的殘酷手段，接下來他列舉了國民黨軍隊犯下的種種罪狀，這些罪狀包括對紅區十四歲的男丁一律處決，讓紅軍「後繼乏人」；對紅區的房屋一律燒毀，讓紅軍無藏身之處；對紅區的糧食來不及運走的一律焚燒，讓紅軍難以果腹……此人說到動情處義憤填膺聲俱淚下，把這場座談會變成了對雪公所代表的反動政府的控訴會。

最不應該的是，我千不該萬不該在此為我的舅爺雪公辯解。我的意思是，雪公只是一個執行者。「剿共」決定是一九三〇年底老蔣在南京作出的。作為一個政權的維護者，雪公不得不執行上級的命令，他也是不得已而為之。我甚至提到了宋朝鎮壓梁山好漢的蔡京、清朝與日俄簽訂不平等條約的李鴻章。我還當場背誦了李鴻章的一句詩「勞勞車馬未離鞍，臨事方知一死難」來為我的觀點佐證。這一下真是捅了「馬蜂窩」。一時間，一支支利箭接二連三地向我襲來。有一位年近七旬的老者甚至批評我的思想出現了嚴重問題，他問我到底在為誰說話？難道你要為雙手沾滿人民鮮血的殺人惡魔唱讚歌嗎？如果是「文革」期間你憑這幾句話就能打成「右派」甚至是「反革命分子」！老者說話的口氣儼然「文革」那一套，一頂頂大「帽子」扔過來壓得我只有招架之功而無還手之力。在老者還在滔滔不及的時候，有人搶過話題，說雪公當年即使是執行上級指令，但他有將槍口抬高一寸的權利。說這話的是一位作家，我的同行，某個地市州的作協主席。接著你一言我一語紛紛向我開炮，飛過來的唾沫星子瞬間會將我淹沒。我竭力為自己辯解，由於孤軍奮戰，由於嗓門太小，最後只得落荒而逃。

我和表叔

這一次，我想利用這個機會和表叔理性地交換意見。我特別提到理性，因為我覺得在談論這類敏感問題時，理性是多麼重要。而有些人天生就缺乏這方面的情感，這與年齡沒有關係。同時它與環境有關，在人多的場所，理性則是奢侈品，只被少數人所擁有。

我這樣做還有一個原因，那就是表叔畢竟是事件的親歷者，至少是一個旁觀者，因為那時他正好在雪公身邊。不出我所料，在這個問題上，表叔說他儘管知曉一九三一年前後鄂豫皖「剿共」一事，但既沒有參與也沒有出謀劃策。表叔竭力想「洗白」自己的急迫心情讓我都覺得荒唐可笑。也許在臺灣，他聽到過太多關於「文革」時期政治迫害的傳聞，儘管過去這麼多年，我想他們可能仍然心有餘悸。因而他的疑心比我們這些在「文革」出生的人還要重一百倍。不用說，我費了半天口舌才讓他減少了那麼一點點顧慮。接下來，他就像個過河的旅客，小心翼翼地走過那段暗礁密佈的淺灘。

表叔著力強調一九三〇年十二月九日這個日子。因為這一天，有兩件大事同時發生，一件是蔣介石在南京召開「剿共」會議，部署對中央蘇區第一次大「圍剿」。也就在這一天，雪公下令駐守在湖北的八個整編師共計十萬餘人，開始向紅安、麻城、大悟等紅軍集中的地方發起圍攻。我說：「這顯然是雪公送給蔣的見面禮。」我問表叔同意我的觀點嗎?表叔則說既是又不是。

說完，表叔詭異一笑，有好長時間再也不想說話。

【雪公自述】片斷

中原大戰結束之後，國民政府面臨重新洗牌。總裁在多個場合提到我的名字，說我在此事件中厥功至偉，因為我穩住了東北軍。試想一下，如果少帥也倒向蔣的對面，恐怕中國的歷史就要改寫了。

少帥那時常駐北平，我也住在北平玉兒家裡。在有事無事的時候去拜會一下少帥，陪他打幾圈麻將，或是講一些新近發生的軼聞趣事。當然，我們還會討論一下打得如火如荼的中原大戰的戰況，評點一下雙方在調兵遣將的利弊得失。我發現，軍事或者說戰爭，是少帥熱衷討論的話題。我還發現，少帥對中國古代軍事家興趣不大，他感興趣的是那些西方軍事將領。他對拿破崙似乎瞭若指掌，不僅對他指揮的戰役如數家珍，甚至對他的衣著、習慣、癖好都能一一道來。少帥喜歡的軍事著作並不是《孫子兵法》，而克勞塞維茨的《戰爭論》。他說中國古人的那些「玩意」只代表過去，而西方的理念則代表未來。

少帥滔滔不絕，口若懸河，說到激動處，站起來在大廳裡來回走動且手舞足蹈。當然，還有我們這些熱心聽眾獻上的熱烈的掌聲。有那麼一段時間，我覺得不僅是我，甚至玉兒也愛上了這個外表英俊、風度翩翩的男人，因為在一次偶然的機會，少帥在講述第一次世界大戰凡爾登戰役時，我偷偷瞟了一眼坐在身旁的玉兒，發現她看少帥的眼神是如此沉迷，而我已經很少看到她這種眼神了。不用說，只有戀愛的女人才會這樣望著眼前的男人。

玉兒迅速發覺了自己的失態，竭力掩飾並為自己辯解。而我則寬容地一笑，要她大可不必如此。我突然明白，這個男人確實具有吸引女人的魅力，也就是現代人說的性感。這個男人，即使他身無分文、一介草民，憑他的外貌和口才，一樣可以虜獲女人的芳心。更何況他手握重權、富可敵國，那自然就所向披靡、無往不勝了。

不僅在當時，在此後的很長一段時間，玉兒都在說著少帥的壞話，數落著他的萬般不是。玉兒這樣做的目的是一望而知，那就是竭力證明自己的清白無辜。面對玉兒的言不由衷，我總是一笑了之，並說「你完全沒有這個必要」。

話又說回來，玉兒在有些方面還是看得蠻準的。比如，她說少帥只是一個夢想家，仍然生活在童話世界裡，而現實尤其是戰爭的殘酷會將他的童話夢境碾得粉碎。語遲則人貴。那些嘴巴沾蜜的男人她見得多了，也知道他們沒有雄才大略，並非經天緯地之才。宰相肚裡能撐船。不僅指此人有容人之量，還代表此人心中裝得下酸甜苦辣、千軍萬馬。有一次，玉兒竟指著我說，相比你們這些「耍嘴皮子」的，我更喜歡總裁身邊那些不善言辭、一言九鼎的男人。

這一回我真的憤怒了，少有的衝著玉兒發火：夠了，夠了！你到底有完沒完?!

既然總裁在許多場合表揚了我，這就意味著我將得到新的晉升的機會。至少我是這麼想的。因而，在他部署第一次「剿共」的時候我自然傾力支援。

一九二七年國共分裂，在湖北的共產黨人多潛匿於黃安、大梧、洪湖一帶化整為零，繼續他們的革命鬥爭。中原大戰打得如火如荼的時候，共產黨人可沒有閒著，他們乘機在後方發展壯大自己的隊伍，一時間嘯聚蜂起，竟達十萬之眾。而我當時既綰軍符又主省政，在我的治下竟有這麼多的共產黨武裝，自然難辭其咎。我不是馬克思的信徒，他的書我一本也沒有讀過，他的那些理想太過飄渺，而我已經變成為一個現實主義者，只關心能看得到抓得著的眼前利益，說白了就是權力和金錢。理想，那是黨的領袖要思考的東西。而我到目前為止還看不到有這種可能。

權力，那是人人都嚮往的。據說它與人類的歷史一樣古老。所以當機會到來時誰也不會輕易錯過。這也是我在第一次「剿共」時特別賣力的原因所在。

大概在十二月一日，總裁親自從南京給我打來電話，告訴我在本月九號國民政府將召開部署第一次「剿共」會議，請我務必參加，並憂心忡忡地說湖北是「重災區」，赤匪很多，已經嚴重威脅到基層政權的生存，必須以鐵的手腕毫不留情予以殲滅。總裁一再強調不要心慈手軟，不要動什麼惻隱之心，務必斬草除根，否則後患無窮。總裁特別提到了大別山，說那是中原腹地，自古就有得中原者得天下之說。千萬別拿這次行動當作小事，人無遠慮必有近憂啊，再這樣下去，不出五年，共產黨就要跟我們爭天下了。我明白，明白。我在電話這頭一再表示。並說，我們能不能先動起來，在全國帶個頭。總裁連說，好啊，好啊，這是個好主意。現在糊塗蛋不少，像你這樣的明白人實在不多。還說，在黨國生死存亡的關鍵時刻我都是立過功的，是棟梁之才。我自然欣喜若狂，一個勁兒說那全是總裁悉心栽培，領導有方，並表示願意為黨國事業鞠躬盡瘁死而後已。

第二天，我就主持召開了軍政高級幹部會議，與會的人數很少，僅有二十幾人，但都是湖北軍政精英。軍事方面有徐源泉將軍等八個整編師的師長。他們是我的主要家底，與蔣的嫡系部隊中某些清一色的美式裝備相比，他們的武器的確不算精良。甚至跟桂系和東北軍也不能比。我們的裝備可謂五花八門，有美式的、蘇式的、甚至還有德國造的，當然更多的是漢陽造和中正步槍。雜七雜八的武器組合在一起最大的劣勢就是它們的零部件不能通用。如果在戰鬥中損壞了就非常麻煩。記得在北伐時，運給前線作戰部隊的武器彈藥絕大部分用不上，士兵們看了只能幹著急。我自知勢單力薄，也就沒有參與中原大戰之中。有效地保存自己的實力，坐觀對方去血腥廝殺。一個時期以來這就是我的生存之道。但是，我們對付武器裝備更差、缺衣少糧的共產黨武裝還是綽綽有餘。

在會上，我反復提到了總裁的那個電話以及我和總裁在電話裡交談的內容。我說得洋洋得意，滿面春風。長方桌子四周的聽眾也都臉帶笑容，躍躍欲試。接下來是各位表態，首先發言的是那些軍事首腦，他們說得情緒激昂，髒話連篇。我感覺他們已經迫不及待準備大幹一場了。

事實聽說也確實是這樣。寧可錯殺一千，決不放走一個。只要你與共產黨有關，或者聽說與共產黨有關，那你就得人頭落地，房屋被燒。在黃安，在大梧，在洪湖，一時間哭聲震天，血流成河。

我並沒有去前線督戰，而是選擇在後方指揮。說是指揮也無非是看看前線的戰報而已。我並不諱言自己在軍事指揮上的無能。每個人都有自己的長處，我的長處是工於心計而非力戰。這並不是什麼丟人的事，歷史上有許多大將軍並非戰功卓著，他們在另一條戰線上同樣青史留名。

在一份戰報中，我得知他們抓到一名女匪首。在洪湖，一位女赤衛隊隊長。我非常好奇，極想瞭解這個女人的一切資訊，她長什麼樣？多大年紀？結過婚沒有？她的手下有多少人？還有，她如今關押在何處？等等。為此我跟徐將軍通了電話。徐將軍笑著告訴我，他們抓住的那個女匪首是個美人兒，沒有結過婚，更重要的是她會使雙槍，腰間總插著兩把手槍，打起來左右開弓，子彈紛飛。她打得準嗎？我問。徐說，打得準，可以說百步穿楊，指著你的鼻子不打你的眼睛。好傳奇，我真想見見她。對方又是一聲大笑：歡迎主席大駕光臨。

實際上我並未見到那個具有傳奇色彩的雙槍女匪。我既沒有去洪湖，他們也沒有將此人押至武漢。因為後來一位從前線歸來的軍官告訴了我實情，他說他見過那個女匪首，一個二十出頭的丫頭片子，著實相貌平平，是那種普通的漁家女孩，帶有一點野性，瘋瘋顛顛的，說話做事像個假小子。她的腰間確實插著一把手槍，不是兩支而是一支，一種德國人造的歪著打的盒子炮。她打得也不準，只是在情急之下才放兩槍。這位軍官叫我不要到洪湖去，見了你會失望的。想到徐將軍平日就有吹牛、好大喜功的毛病，我想這位從前線歸來的軍官的話怕是不虛的。

在此次行動中，徐將軍自然功不可沒。在隨後的慶功大會上，他為此得到了二等寶鼎勳章。我向他表示祝賀。他也向我祝賀，因為我也榮獲一枚獎章，而且是一等寶鼎勳章。

我沒想到這枚獎章成了我的傷心之物。這是老蔣的一慣伎倆：對你大講溢美之辭的時候也就是你被拋棄的時候。反過來，對你一通臭罵，罵得你狗血噴頭的時候，也就是準備重用你的時候。只是沒想到他會把這一招用在我的身上。也就是說，在接下來的人事調整中我什麼也沒有撈到。我是信心滿滿地到南京去的，當聽完那些重大人事調整的任命狀之後，我用浙江溪口方言罵了句娘希匹，然後帶著滿腔怒火回到了湖北。至於那枚一等寶鼎勳章，說來你可能一輩子也不會相信，我把它掛在了秦淮河一位船妓的脖子上，並風趣地說：

「美人，你戴著它真好看。」

第九章

與女人打情罵俏。雪公詳細記述了自己在「西安事變」中的尷尬處境。以不變應萬變，最後落得「何人斯」的綽號，為他人所嘲笑。在政府中失勢。希望在情人那裡獲得慰藉，不料卻撞上玉兒的新情人。

我的故事

有一天午後三點，表叔還在午睡，而我又不想叫醒他，就一個人悄悄地溜出賓館來到公園裡。岳父也是剛剛來，我們照例在一條長椅上坐下，繼續我的婚姻話題。他說他已經做了非常深入細緻的思想工作，目前還沒有取得成效。他要我不急，慢慢來。好，慢慢來，我不急。再也無活，我就走了。

本來是想回賓館的，不知不覺間卻走進了那個女人的住處，敲敲門，她正好在家，想必也是剛睡過午覺，穿著一身睡衣，一副慵懶的模樣倒是蠻勾人魂魄的。我一把摟著她的腰肢，一邊問：那些排隊的男人今天都走了？她先是一怔，兩分鐘後才回想起自己先前說的話。接著她使勁打了我一拳，那一拳打在我的後背，由於用力太猛我感到骨頭架都散了。

你能不能輕點?!

這還是輕的！她莞爾一笑。

我和表叔

聽了表叔的講述以及看了雪公的自傳，我得出這樣一個結論：在一九三一年國民政府改選時沒有得到重用引起了雪公的極大不滿。他認為老蔣總是任人唯親，那些重要的崗位用的只有兩種人：一是他的江浙同鄉，二是他的黃埔學生。對其他人只是利用而不重用。這也直接導致了一九三六年「西安事變」後，少帥致電雪公讓他去西安商討時被婉言謝絕。

在那個細雨綿綿的午後，我和表叔坐在鄉下那間破敗的具有腐爛氣息的老宅裡。它有一方天井，四周用青一色的條石壘砌。那些條石已經被無數隻腳印磨得光滑蹭亮。我們就坐在四周的回廊裡，望著雨淅淅瀝瀝地下著。帶有雨絲的風不時地吹在我們身上，有種說不出的蒼涼和愜意。

在一幢百年古宅，說著百年往事，而且在煙雨朦朧的午後，哦，沒有比這再美妙的事情了。「西安事變」，就在十年前還是人們避談的話題，我們只有在教科書裡得到它的注解：一九三六年十二月十二日，為了停止內戰、一致抗日，張學良和楊虎城在西安發動「兵諫」，扣留了蔣介石。在周恩來同志的主導下，最終「西安事變」和平解決，促成了第二次國共合作。如今，這也不再是個「敏感話題」，人們可以自由議論了。於是，一些鮮為人知的故事逐漸浮出水面。由於一時浮上來的東西太多太亂，反而讓人難辯真偽。

我查閱了一些資料，包括張國燾的《我的回憶》。那裡面詳細記錄了「西安事變」發生的全過程。不過那時張已經失勢了。可他卻沒那麼想，感覺自己仍是中共決策層的重要成員。不過事變發生時他正在延安，正處於旋渦的中心，即便他沒有參與決策，也一樣清楚事變的全過程。依據張的說法，老蔣正在西安督導第五次「剿共」。而這次「剿共」的主力則是張學良的東北軍以及楊虎城統領的西北軍。張楊兩位覺得此舉旨在削弱他們的實力，在勸說老蔣放棄「剿共」共同抗日無果的情況下，聯合中共將其扣留。

表叔說，張國燾所說的情形大致沒錯，但在如何處置蔣的問題上各方意見不一，有人認為先召開公審大會然後將其處死，而蘇聯方面的指示卻是在蔣同意抗日的情況下將其釋放。更不用說美國以及國民黨方面施加的壓力了。一時間老蔣成了燙手的山芋，這讓少帥左右為難。

這時，少帥想到了雪公。

【雪公自述】片斷

這個時候，在他難以決斷的時候，少帥想到我是自然而然的事情。一直以來，我都是他與蔣公之間那個「橋樑」。在蔣公面前，我是一名老同盟會員，不必像他的學生那樣畢恭畢敬。更多的時候我們是一種平等的關係，至少我是這麼看的。也正是這種尷尬的關係我一直得不到重用。如果要你們這些老臣在我的手下做事，那就是對你們的大不敬。這是蔣公說的。多麼冠冕堂皇的托詞。我們——這些最早的老臣——就這樣被拋棄了。至於少帥，我們一直兄弟相稱。這個人還沒有學會官場的虛假的習氣。所以他待人接物應該說是真誠的。從另一方面講，少帥總是把事情想得太簡單。大帥去世後他順利地接了班，九．一八之後他被迫撤出了東三省。儘管在撤出東北時他是一萬個不情願，但他還是做了。無論對日本人，也無論對蔣公，他都沒有顯示出絕妙的手腕和超人的膽識。他總是被利用，恐怕這一次也不另外。

少帥先是以私人的名義給我發電報，要我去西安一趟。後來又以東北軍剿匪總司令的名義又發了一封。再後來是蔣夫人的電話。看來要我去西安少帥已經跟南京方面作了溝通。我當時駐在武漢。如果當時我在南京的話那就非去不可了。這也讓我對形勢作出了錯誤的判斷，同時導致了後來一系列的錯誤決定。

我的第一個錯誤判斷是，這次蔣公凶多吉少，即使不是必死無疑，生還的可能性也是極小。這也源於第二個錯誤，我不知道蘇聯方面和平解決的意願。如果我跟少帥通過電話，我就可能瞭解蘇聯的意圖。哦，我一生中犯過的錯誤不在少數，我都能原諒自己。但這一次卻讓我懊悔終生。

我要說的是，在接到少帥的第一封電報後，我有點不知所措。去，還是不去，一時拿不定主意。我首先想到的是找個人商量一下，我環顧一遍周圍的人，卻發現沒有一個人能在這方面給我好的建議。將軍，多是些只知衝呀殺呀的武夫。文官，也是一幫只看到眼前利益目光短淺的傢夥。就這樣鬼使神差，我給遠在廣西的白將軍打了電話。他是軍中有名的「智多星」，號稱「小諸葛」。我想聽聽他的意見和建議。

噢，我忘了，人都是自私的產物，都為自己的小圈子利益著想。所以你永遠別去信任他人。過去我是這樣做的，而這一次我卻犯下了致命的錯誤。那個傢夥的確是個「智多星」，當之無愧。他給我下了一個圈套。但看上去卻是為我好。就像一道數學題，它繞了一個大圈子，卻掩蓋了其中真實的意圖。我只看到了表面的東西，並沒有發現其中的另一面。或者說我被繞糊塗了，被那個傢夥輕易蒙蔽了。這就是我佩服他的原因所在：你被矇騙了，但你不得不佩服他的高明。

白將軍首先分析了西安方面的現狀，他認為，既然張楊二人已經將總裁扣留了，再加上中共在背後施加壓力，那麼總裁生還的幾率就很小。再者，南京方面雖然口頭上督促西安放人，多是虛張聲勢。有人甚至揚言轟炸西安城，那是欲置蔣公於死地而後快，從而取而代之。在此情形下，如果你去營救一個必死無疑的人，勢必會得罪下一個主子，那時候……你知道欲加罪於人何患無詞？

依將軍之見，我該如何行事？

以我愚見最好是靜觀其變，以不變應萬變。如果此次蔣公被處決，下一個主子說不定還要感謝你的暗中相助。退一萬步講，即使蔣公安全回到南京對你也無大礙，你可以聲稱自己生病了或者忙於鄂豫皖剿共事宜一時脫不開身，等等。你可以隨意編造一個理由唐塞過去。誠然，別人知道那只是託辭。就是託辭又怎麼樣呢？

假如真如將軍所說，總裁安全回到南京了呢？這種可能性不是沒有。我急切地問道。

這就要看情形而定了，是殺？是放？如果雙方的幾率各占一半，那麼你可以考慮前去西安營救。可是現在，放的幾率兩成都不到。何去何從？雪公你是明白人，就不用我多說了。

就在我沉思的時候，對方又說道，情況更嚴重的是，假若雪公去西安後總裁又被殺了，那麼南京方面可能會遷怒於你，說不定造謠說你雪公就是劊子手，去西安的目的就是處決蔣公自己欲取而代之。

好了，我明白了。謝謝將軍提醒。

我一邊道謝一邊放下電話。這個時候，我完全明白自己該怎麼做了。是對方最後一句話提醒了我。是的，如果我去了西安，蔣公又被殺了。那麼……真的由世人去說了，那我也就跳進黃河也洗不清了。

後來，真的有人謠傳我想當總統而故意不去西安的。這對我來說真是天大的冤枉。我或許做過很多夢，卻從來沒有做「總統」的春秋大夢。這一點我還是有自知之明的。

後來，西安事變的和平解決出乎很多人的意料。這其中包括白將軍。當時國民政府內部派系鬥爭非常厲害，雜牌與嫡系之間的矛盾早已是公開的祕密。而能夠調和兩者的矛盾不至於公開破裂的只有蔣公一人，其餘的人均不能擔此大任。蔣公之後再無蔣公。這也是當時許多人的共識。即是當時跳得最歡的何應欽將軍，或許他能贏得嫡系的贊同，卻不能讓那些雜牌軍的將領歸順在自己的麾下。再者，就是後來的李宗仁將軍，在蔣公下野之後當了一段時間的臨時「總統」，卻處處受到嫡系的掣肘，許多計畫都不能實施。

就是蘇聯方面也錯估計了形式，他們甚至認為中國未來的天下姓蔣而非姓毛。

然而，當「西安事變」發生後，想把局面搞亂把水攪混的大有人在，其目的就是使自己的利益最大化。白將軍無非是這樣的人。縱觀天下，蔣公之後其實是何李之爭。李先生能如願當上國民政府總統自然是桂系求之不得的，就是何將軍想登上總統寶座，桂系自然會提出自己的條件。這麼說來，桂系自然不願看到蔣公平安歸來。而我正是那個左右均不討好的傻瓜。

幾天來，西安方面的電報是一封接一封的傳來，而南京方面則是打來一個又一個電話。我必須做出回復。南京方面真正關心蔣公生死的是蔣家和宋家。在我的一再敷衍之下，宋子文只得親自飛往西安跟張楊二人談判。如果我知道蘇聯方面的意願我也會毫不猶豫去西安的，也會將蔣公平安帶回南京。但我已經錯過了這個機會。不過，一切我還蒙在鼓裡。我還在苦思冥想給西安方面的答覆。生病了？顯然一看就是假的。忙於剿共？這個時候是剿共事大還是救蔣公事大？不言自明。朝思暮想之後，我給少帥的回電是：以委座之德威，竟被劫持。弟何人斯，能無顧慮？

電報發出去我就後悔了。其中對少帥的責備言於其表。我想，無論如何我是不該怪罪張將軍的。他有他的苦衷，而我是理解他的苦衷的。這封電報後來竟成了黃埔嫡系打壓我的把柄，就連陳誠等人也說我見死不救，是個忘恩負義的偽君子，並說我是不能「共患難」的人。更令人氣惱的是他們竟給我取了個外號：何人斯。

當蔣公平安回到南京之後，各地大佬紛紛前去慰問。我自然不能不去。但我發現自己是個不受歡迎的人了。蔣公對我冷眼相待，這我是預料到的。少帥（在軟禁前）見到我時亦故意扭過頭去，視而不見，讓我心裡好不是滋味。嫡系那些傢夥們在背後指桑罵槐，視我為笑柄。就連雜牌軍的將軍們也故意躲著我，視我為瘟神。在大家歡歌笑語、杯光斛影之際，而我竟成了一個局外人。更重要的不是那種置身局外的感覺，而是處處鄙視的目光。如果說「西安事變」有輸家的話，那我就是唯一的輸家。

俗話說，福無雙至，禍不單行。那段時間我真是倒楣透頂了。你知道，面對那些鄙視的目光，我一天也不想在南京待了。但我也不想回武漢。就像一隻受傷的獨狼，我需要一個地方療傷，最理想的去處就是北平，就是玉兒的溫暖的懷抱和她那親切的話語。因而我帶著滿身的傷痛和那顆滴血的心去了北平。這一次，我沒有像往常那樣臨行前給她拍個電報，或者打個電話。我一下子變懶了，什麼都不想做了，像個行屍走肉似的踏上了駛往北平的列車。

在那個熟悉的小院放下手中的皮箱駐足觀望，心中突然有種遊子歸來之感。到家了，多少年來我一直把這兒當作我心靈的歸宿。正是午後，暮冬的陽光懶洋洋地照在院落的青石上，對於一個漂流太久的遊子來說似是一種特別的饋贈。小院的一切均沒有變化，甚至那些盆景都放在原來的位置，就連盆景中的植物也是過去的模樣。大門緊閉，而主人似乎正在午睡。走上前去，握住右邊那個磨得鋥亮的青銅門環，敲擊，一下，兩下，三下。裡面終於有了聲響。誰呀——？是那個熟悉的懶洋洋的聲音。這聲音不用回答。而對方似乎同樣不期待著回答。她下了床，趿拉拖鞋的聲音。那聲音一直拖到門後，然後門嘩啦打開了。她打著哈欠，並沒有定睛看我。待我提起皮箱跨進大門的那一刻她才如夢方醒。我看到她慵倦的臉龐一下子扭曲了，變形為一個大大的驚嘆號。

你怎麼來了……幹嘛，不打個電話來？

從那張臉上我當然明白了一切。不用說我憤怒到了極點。我不再是那個彬彬有禮具有紳士風度的男人了。如果那一天我心情好的話，我想我不會那樣失態那樣怒髮衝冠。但是，倒楣的事情撞到一塊兒了。我想說什麼，但我不知該說什麼。我想罵人，但不知該罵玉兒還是臥室裡那個男人。我想毀滅點什麼，卻不知道該拿屋子裡什麼東西下手。最後，我只有舉起皮箱朝那個擺放著精緻茶具的茶几砸去。嘩啦一聲！不僅讓玉兒舉起了雙手，也讓那個正在整理衣服的站在門旁的男人驚愕萬分。

那個男人顯然比我年輕，與玉兒年齡略小。客觀上講他們應該是般配的一對。顯然這會兒他想溜掉。而玉兒已經恢復了鎮靜，她命令那個試圖溜走的男人坐下，然後對著我擺出一副最後攤牌的架勢。在攤牌之前，她仍然不失風度地介紹面前的兩個男人。

「雪公」，她賭氣地非常傲慢的望著我說。「用西方人的說法就是我過去的情人。」

「這一位」，玉兒將臉轉向那個男人。「沈桐，畫家，我現在的情人。」

我的眼睛越過那個男人看到角落裡有一幅畫，油畫，畫中是一個體態豐腴的裸體女子。不用說那就是玉兒。從專業角度上講，那傢夥應該畫得不癩。後來我得知他曾浪跡巴黎，是個既窮困潦倒又心高氣傲的倒楣蛋。如果不是在我情人的床上而是在其他場合遇上他，說不定我會買下他的幾幅畫或是資助他一筆錢呢。

玉兒接著說，現在你們都認識了，誰走誰留你們自己拿主意。

那個男人膽怯了，小心翼翼地站起來，那動作好像我隨時都會掏出槍來崩了他。那個男人，一定早就打探好了我的底細。一個擁兵十萬的國軍將領，一位省主席，一方諸侯。在這個兵荒馬亂草菅人命的年代殺死一個人就像踩死一隻螞蟻。是的，我的確帶有槍，一隻勃朗寧手槍。我下意識地摸了摸口袋，槍不在。槍在那只皮箱裡。而皮箱變形地躺在沙發前面，但鎖依然完好。我想弄死他根本不需要我親自動手。沈桐，我已經記下了這個傢夥的名字。交給手下人去辦就行了。但我從未下達這樣的命令。因為我知道玉兒愛這個狗娘養的。殺了他就永遠失去玉兒了。

那個畫家儘管心高氣傲，但他還算識時務。

「還是我走吧。」說罷，怯生生的站起身來從我身邊溜走了。

玉兒顯然是不想他走的。她在等待，等待我的離開。但她想錯了，我是不會輕易離開的。如果我走了，那個男人的小命就難保了。

「窩囊廢！」玉兒對著那個男人的背影罵道。

這一次，我在玉兒身邊只待了三天。其實三天都十分漫長，我們已經沒有了過去那股親熱勁兒，一切都是裝出來的虛情假意。三天後，我回到了武漢，回到了老婆及孩子身旁。看到兩個女兒小鳥般的向我飛來，我的心情從此豁然開朗，一股久違了的柔情蜜意充滿心間。我的夫人則站在門口甜甜的笑著，欣賞著眼前的天倫之樂。哦，願地球在這一刻停止轉動，願時間在這一刻靜止不前，願這一刻成為永恆，願我未來的日子就這樣度過。

我常常自忖，我是不是該對玉兒放手了，讓她，也讓我去過一種正常生活。二十多年了，我們已從青年步入中年，頭上依稀能看到根根白髮。我們那種對未來美好生活的憧憬已越來越遙不可及，激情正在消退，現實就像冰冷的無情的海水撞擊著我們不再堅強的心。回憶，哦，也許只有對過去美好日子的回憶才使我們有勇氣面對未來。在北平的家中，我看到玉兒所畫的油畫，她畫得最多的是一個酷似於我的男人：青年、壯年、中年的我。穿著西服的、軍裝的、長衫的我。大幅的、小幅的、以及不大不小的我……面對這些畫作，我總是輕輕的搖搖頭，說：不像，不像。說罷又搖搖頭。

「你應該站遠點兒去看。」玉兒不知什麼時候出現在門口，還是一身睡袍，還是那種慵倦的樣子，說出的話還是那樣自信而無奈。

我後退幾步，站在遠處欣賞。但玉兒說我退的還不夠遠，還要退後，一直退到牆角裡去，一直退到南牆上去。再去欣賞。我不是已經退到南牆了嗎？不是已經退到不能再退了嗎？玉兒撲哧一聲笑了，一手掩著臉，笑得半天直不起腰來。她的臉此時完全被頭髮覆蓋著。她又回到過去了嗎？那個日本東京亭亭玉立的少女，那個在上海灘穿著入時的美豔女子，還是那個在北平的黃昏裡面帶憂傷的女人……我看到自己了嗎？是的，從那些畫裡，更準確地說從她的想像中，我看到不同時期的我遠遠走來……

第十章

中日隨棗會戰爆發。老百姓苦不堪言，不僅日本兵來搶糧，國民黨兵也來搶。虎落平原。五戰區借機對雪公的家人強征重稅。表叔扮成難民回老家斡旋。

我和表叔

記得正是吃飯的時候，我似乎是無意間想起了那件事來，然後脫口而出，問表叔道：「聽說，『西安事變』之後首先向雪公發難的竟是桂系的李長官？」表叔從飯碗裡抬起頭來，驚詫地望著我，然後搖了搖頭，說：不對，雪公與李長官的糾紛應該發生在一九四二年初，中日兩次隨棗會戰之後。而不是你所說的一九三七年。

飯後表叔一定要拉我去看一個地方。那是一大片田地。正是夏天，綠油油的秧苗迎風起舞。隨著太陽越來越高，急不可耐的青蛙亮開了它們高亢的嗓子，單調乏味地聒噪著。我和表叔就站在公路旁邊，面對這一眼望不到盡頭的水田各懷心思。後來，表叔說話了，告訴我解放前這就是雪公的田產。雪公將這片良田租給當地的農民，而他只收租子，大約是一千石糧食。表叔說，雪公將老家的財產統統交給他的侄子——也就是表叔的弟弟——一個叫槐青的青年人代為管理。槐青並不只是管理這一大片田產，其實他還管理著雪公的整個家業，這當然包括那些臨街的大片店鋪。槐青是個稱職的管家，公平、正直、有一副菩薩心腸。也許你可以說他老實，不會搞一些歪門邪道。這樣的人在與官員的較量中註定是要失敗的。

應該說，我對槐青表叔還有深刻的印象。那個常常穿著長袍馬褂的中年男人，那個常常把自己打扮得像是要出遠門的體面男人。就是槐青留給我的印象。二十年後的一天，有人說我越來越像死去的槐青。像嗎？我問對方。對方卻又突然搖了搖頭。後來在一次照鏡子時，我猛然發現，我和槐青的共同之處就是我們都長著一雙略帶憂鬱的時運不佳的眼睛。

槐青後來死於文化大革命，是上吊自殺的。在批鬥會上，我見過他戴著一頂紙糊的高帽子，胸前掛著一個「資本家走狗」的牌子。當然牌子上面還有他的名字，不過那名字是用紅筆打上重重的×號，表明他名義上是個被槍斃的人。我見過有人用木棍打他，用皮帶抽他。那些打他的人中不僅僅有紅衛兵，還有單身漢、二溜子。我還見過紅衛兵讓一個農民上前打他卻被拒絕了，那位農民說，槐青是個好人，他不壞。我見過紅衛兵讓他「坐飛機」，讓他頭頂地。不過讓他下跪的時候他拒絕了。於是，他被打折了一條腿。也就在那天晚上他上吊自盡了。用紅衛兵的話說，是「自絕於人民」。

儘管「文革」開始後，我才七八歲，可以說剛剛記事。但槐青表叔是我童年記憶最深的人，時值如今，只要我閉上眼睛，我依然能清晰地記起槐青的模樣，包括他走路的姿勢，以及說話的聲調。他太特別了，有別於小鎮所有的人。這或許是他接受過較高教育的緣故。只有教育才讓一個人如此與眾不同。

表叔的講述

在我的兄弟姐妹中，我最喜歡的就是槐青。他先在家鄉讀私塾，後來又去武昌讀書。當然武昌讀書的所有費用都是雪公的。他所敬佩的人也是雪公。也許是出於感恩，學業結束後他就回到家鄉為雪公管理那份龐大的家業。我常常想，憑藉槐青的天資，無論跟著共產黨還是國民黨，他都會成為一個人物。他不應該屬於那個小鎮，甚至不應該屬於那個小城，他是屬於大地方的，那才是他施展抱負和才華的舞臺。在一時的感情衝動下他把自己葬送了。他後悔了嗎？我想他一輩子都是在後悔中度過的。

在家鄉，在武漢，我們兄弟倆曾做過無數次促膝長談。我便知道了他的苦惱和煩憂。但他缺乏決斷能力，總是優柔寡斷，總是謹小慎微。在最初的幾年，他總是說雪公那份家業離不開他去打理，再後來他又說自己已經有了老婆和孩子，我一走了之留下孤兒寡母怎麼過日子？到了三四十歲的時候，他又以父母年老體弱為藉口……他跟我的那位小商販出身的弟媳一直關係不好，他們幾乎天天吵架。你能想像嗎？看上去文質彬彬的槐青吵起架來竟像一個潑婦那樣橫不講理、沒完沒了，後來我終於明白了，他正是用這種方式對抗自己的命運，表達對現實的不滿。

哦，扯得太遠了。在一九四一年農曆春節到來之前，槐青的工作一直順風順水，每年初他會草擬好契約將雪公的田產和商鋪一一租賃出去，年底的時候，他會對那些尚未交齊租金的傢夥一一登門拜訪。對那些發生天災人禍的家庭適當減免。這使得他在鄉親們中贏得了良好的口碑。

自一九三九年春，武漢會戰結束之後，大批的軍隊開始向當時的隨縣集結，先是國民黨的第五戰區李宗仁部，緊接而來的是日軍第十一師團以及數量龐大的偽軍。兩支合約六十餘萬人的軍隊自北向南一字兒排開，上至河南信陽，下至湖北安陸、京山一帶。軍隊來後，老百姓一是感覺到了戰爭的緊張氣氛，二是負擔增加了。有糧的交糧，有錢的出錢。先是通過縣長、保長、甲長去催，接著就是搶。不僅日本人搶，連國民黨兵也去搶。隨縣的老百姓頃刻變得一貧如洗，家裡像狗崽的牙齒一樣乾淨。

先是兵禍，接著是天災。一九四二年是大災之年，華中遭受到百年不遇的大旱。襄花公路沿線蝗蟲肆虐，餓殍遍野。先是小麥欠收，接著插下去的秧苗壓根兒抽不出穗來，一把火能燒個精光。老百姓開始挖野菜吃樹皮，再後來就是出家乞討，賣兒賣女。不時傳出某某地方人相食的慘狀。

即便如此，國軍仍然一遍又一遍地催糧，日本兵仍然一遍又一遍地「掃蕩」。

老百姓所交的錢糧遠遠不夠兩支軍隊所需，於是，他們把目光盯住了那些大戶人家。儘管雪公是隨縣最大的大戶，但還沒有人敢打他的主意。這個時候的雪公已被撤去省主席一職，就任軍法總監這個可有可無的職務，但他畢竟是位陸軍中將，老同盟會員。俗話說瘦死的駱駝比馬大。何況雪公還沒有死呢。

當時第五戰區那些征繳軍糧的官員首先盯住的是當地地主、資本家、商業大佬等等。這些人一直以來或多或少與雪公有些聯繫，每次雪公回到故鄉，這些人或登門拜訪，或請客接風，往往不亦樂乎。如今這些人被搜刮得苦不堪言，他們最先想到的就是雪公，於是，他們聯名給雪公寫了一封叫苦不迭的信，他們在信中說，隨縣遭遇到百年不遇的大旱，河水斷流，堰塘龜裂，糧食顆粒無收，幾乎家家戶戶都有死人，而死人多得來不及掩埋，老百姓每天都在死亡線上掙紥。在天災面前如今又多了一份人禍，三年來近百萬中日軍隊在這裡打了兩場聲勢浩大的拉攎戰。他們不僅打仗，還到處搜刮老百姓的財物，尤其是那活命的糧食。在信中，那些征糧的國軍跟前來「掃蕩」的日本鬼子一樣十惡不赦，一樣無惡不作。而老百姓面臨的痛苦又是那樣水深火熱，那樣無以復加，如墜萬丈深淵。信上說，五戰區各縣，去歲今春因旱歉收，民食不足，軍隊卻強派勒索，四處搶糧，民眾受害慘烈異常，苦不堪言，自殺及餓死者日有所聞……最後，他們把全部的生的希望都寄託在雪公身上，好像只有雪公才能讓隨縣的人民度過此次厄運，重獲新生。

雪公接到信後，先是憤怒，火冒三丈的破口大罵，罵那些國軍是禍國殃民的軍隊，而正是有此禍國殃民的軍隊那才是國家之不幸。接下來又感到萬般無奈，拿著信就像拿著一隻燙手的山芋。儘管自己是軍隊正風肅紀的最高長官，卻對此無能為力，因為他的對手李長官如今因為台兒莊之戰名聲鵲起，聲譽日隆。如今那傢夥可能連蔣總裁都不會放在眼裡，而自己一個「光杆司令」又能奈他何？

【雪公自述】片斷

那封信讓我寢食難安，管吧，自知力不從心，不管吧，又如何向鄉黨交待？真是焦頭爛額啊。在無計可施的時候我強迫自己把這煩心的事兒放下。隨他去吧！我有什麼辦法？我只能這樣安慰自己。但一旦閒下來這該死的事兒就會幽靈般浮現，折騰得我食不知味，睡不安寢。

這個時候，我們一家人都隨國民政府撤到了重慶。老婆、孩子，一家四口人擠在十幾平方的斗室裡，鍋碗瓢勺都安置在走廊裡，和煤球、雜物混合一處。做飯的時候，幾十家的男男女女都在炒菜、說話，酸甜苦辣各種味道像霧靄一樣將人和建築統統淹沒其中。在這些眾多的味道中，我和孩子們最不能忍受的是胡椒刺鼻的味道。每當這時，我們會連連咳嗽並噴嚏連天。而四川人做的每一道菜都少不了該死的胡椒。還有廁所，在房屋的另一頭，幾十家共用一個，所以它總是屎尿橫流，臭氣沖天。如果你晚上出來方便，多半會淌兩腳臭水回去。因而晚上有人乾脆就在屋前大小便，第二天免不了惹得女人們的大罵，肇事者要麼忍氣吞聲，要麼說那一定某個娃娃屙的，不值得如此興師動眾。正在怒罵的女人則指著那堆屎反駁道：

「一看就是大人屙的，娃娃哪能屙那麼粗的屎?!」

還有空襲。當警報拉響，人們便驚惶失措地跑向防空洞，或是簡易的地下掩體。哪怕你正在拉屎，或者說你正在炒菜，甚至你正在和心愛的女人幹著那事，你不得不突然停下來，胡亂地拉上褲子，漫無目標地向人多的地方跑去。多少次你跑著跑著突然想起老婆特別是孩子不知在哪裡？他們還在家裡嗎？他們肯定在家裡嚇得鬼哭狼嚎。你被心中的哭聲牽引著返身往家裡跑去。家裡沒有人。你不知是獲得了某種安慰，還是更加的不安。多少次，你發現眾人同你一樣跑錯了地方，那兒壓根兒沒有防空洞。於是像無頭蒼蠅一樣向另一個同樣沒有防空洞的方向跑去。更倒楣的是，日本人的飛機已經到了頭頂，黑壓壓的一片，飛機巨大的轟鳴聲就像閻王奪命時的怒吼！還有由小變大的炸彈，以及炸彈在空中飛行時撕裂空氣的啪啪聲響。再接著就是炸彈落地後的巨大爆炸聲，還有隨後騰起的泥土和黑煙……最讓人痛苦的是撕心裂肺的哭喊，婦女、兒童的哭喊聲。還有鮮血，一張突然抬起的滿是鮮血的臉，或是一隻向你求救的滿是鮮血的殘缺不全的手……啊，在重慶的日子那真是地獄一般的生活。如果你要我形容陰曹地府是什麼模樣，我就會向你訴說在重慶的那段不堪回首的日子。

值得慶倖的是玉兒躲過了這一劫。她一直待在北平。不用說她已經習慣了那兒的生活，並再也離不開它了。

對平民目標的轟炸是日本人犯下的又一罪行。我們曾向日本駐華公使提出過抗議，但日本是相信誰的拳頭更硬的民族，對於弱者的抗議壓根兒不予理睬，繼續其野蠻行徑。有時，作為回應，更加變本加利。

前面已經提過，在閒下來的時候我會想起那封來自家鄉的信。其實那封信就擺在我的辦公桌上，我一眼就能看到它。那上面不僅有商會會長副會長的簽名，甚至還有隨縣縣長孫慕風的簽名。多少次我將信拿起又放下。信裡面的內容我都能一字不落地背誦了，但我確實對此沒有辦法。或者說沒有萬良之策。從另一種意義上來說，這段時間是我的人生的低潮期。武漢失守之後我成了替罪羊，湖北省政府主席和武漢行營主任的大位都交給了陳誠。軍法總監，誰都知道那不值一文，一個可有可無的角色。但總裁在任命時告訴我這個位置是多麼的重要。哈哈，這不是天大的諷刺嗎？有人也許會說，部隊在旱災區強行或低價徵收軍糧，這不正是你這個軍法總監該管的事嗎？有人倒賣軍火、走私鴉片不也是你份內的事嗎？還有，官兵強姦民女、搶掠私人財物的投訴……你要管的事多著呢，誰說你這個軍法總監不重要？如果你把這些交給一個上校甚至少將去做，他或許會感到那是莫大的榮幸。然而，你把它交給一個曾經當過省政府主席當過司令部總參議的陸軍上將去做，那恐怕不是榮幸而是侮辱了。

這麼說你或許明白了，我的心已經倦怠了。對自己，對國民政府均已失望。所以，我將那封信拿起又放下，放下又拿起。有時我準備扔掉，有一次已經扔進了廢紙簍卻被我重新撿了回來。有幾次我把它放在抽屜裡，打開抽屜每次都能看到它。啊，一封信，就像一個幽靈一樣糾纏著我。你或許會說，像我這樣經歷了無數大事件的歷盡滄桑的人不該為一件小事所煩惱。是的，對我來說這的確是小事一樁，我完全應該忘掉它。然而，纏繞我們往往不是大事而是芝麻小事。或者說對一件小事耿耿於懷，正是我這個人的弱點所在。

後來我突然想到何不以「湖北旅渝同鄉會」的名義給李長官寫封信呢？這主意不錯。說幹就幹。鋪開紙筆，在一張略微發黃的信箋上寫下「五戰區李長官大鑒」。不過，我沒有繼續往下寫。因為對方一看就是我的筆跡，那不是「此地無銀三百兩」嗎?

我叫來秘書，授意他去起草一封信，特別叮囑他此信要儘量寫得客氣，在陳述一些現象之後請李長官節制一下部屬，以免擾害鄉民，造成時局動盪。云云。

那個時候，常有政府要員去戰區慰問官兵。當然也常有一些戰區指揮官從前線回來。一些人被當作凱旋的英雄對待，大擺宴席，興師動眾，當然還少不了總裁的接見。而那些去前線慰問的政府官員則同樣興師動眾，他們滿載著慰問的物資大張旗鼓開往戰區。金錢自然歸於高級將領的腰包，人參、好煙好酒則進了低級軍官的手裡，而那些婦女做的軍鞋、鞋墊自然分給了士兵。前去慰問的政府高官往往選擇戰爭的間隙。當時國民政府最高法院院長居正就是在一九四二年夏天去的第五戰區，也就是我的家鄉隨縣、棗陽、襄陽一線，但第五戰區的司令部設在襄陽以北的老河口，居正與李長官推杯換盞將近半月，然後打道回府。

聽說居院長回到了重慶，湖北幾位老鄉便張羅著為他接風洗塵。席間，居老提到了我的那封信。並說有一次李長官借酒發瘋，在他剛離席出門時大罵道：「湖北人向來不團結，無三人能共事，焉有同鄉會在?湖北人算什麼東西!抗戰數年，湖北有幾個總司令?幾個軍長?對國家有何貢獻?!」

居院長說，當時他尚未走出大門，聽到身後李長官在吼叫也就停下了腳步。不用問他這話既是說給你雪公也是說給我聽的。我這個法院院長在國民政府中並非實力派，因而送往前線的慰問物資也不多，填不滿他們的老虎口。自知無趣也就趕緊回來了。

不用說，那頓飯大夥吃得都不痛快，喝的是悶酒，吃的如黃連。痛罵聲不絕於耳。大夥都憤憤不平，為我，為居老，更為湖北人。有人為湖北人喊冤叫屈，這些年沒有總司令，沒有軍長，並不是湖北人的無能，而是國民政府任人唯親所致。有人還舉例說，看看共產黨那邊，湖北的能征善戰的將領多得是，僅黃安一個小小的縣城出了多少能人，掐起指頭數都數不過來……還有黃岡的林彪，打起仗來恐怕國軍中沒有幾人比得了……一人說而百人應，越說氣越大，越撥火越旺。看看勢頭不對，居老就舉手制止了，並說此事到此為止，說得多了反而授人以柄。

大夥都以為這件事真的到此為止了。不曾想很快就節外生枝了。居老回渝不到半月，老家的侄子槐青就寫信求助來了。信上說，作為隨縣的大戶豪門，亦作為黨國的棟梁之才，我雪公理應在黨國危難之時為黨國出力，限我等在一個月之內繳出糧食一千石以及五萬元現款。槐青在信中稱，家中已無多少餘糧，就是這一大家人不吃不喝也湊不齊一千石糧食。信上還說，打狗還得看主人呢。第五戰區如此強征暴斂很明顯是讓你雪公難堪。

這不僅是讓我難堪，而是赤裸裸的敲詐。也是對我寫那封信的報復。大夥一看都心知肚明。看來我不好親自出面了，否則那是火上燒油。我叫來跟隨我多年的侄子，讓他回老家一趟，作為我的全權代表處理這件棘手的事情。

實說我也好些年沒有回家了，老家的人事物產均由侄兒槐青全權代理。槐青是個能幹人，為我管理家產也是屈才。我想，第五戰區那幫傢夥認為我迭任政界軍界要職，家中物產一定富可敵國。實則是以小人之心，度君子之腹。我輩投身革命實非如現時軍人官吏那樣一味自謀私利。更何況我也不只是將來安心作個土豪，果如此，那真是小瞧我了。小盜盜財，大盜盜國。我不敢說自己是個意欲盜竊江山社稷的大盜，但至少不安心做個見錢眼開的小小的竊賊吧。

表叔的講述

雪公交待的事情我自當義無反顧。匆匆收拾一下行李之後我就踏上了向東的旅程，先是坐船抵達宜昌，再接著改坐汽車，一路顛沛流離混雜在難民裡面，最後好不容易才回到家鄉。那日，當我踏進家門時竟一時沒有人認出我來。他們以為來了個討米的叫花子。宜昌至隨縣一帶大部已落入日寇之手，如果不將自己打扮成一個難民，別說身上帶的盤纏，就是性命也恐怕難保。世道兇險，我也是不得已而為之。

母親見到我時，一下子就哭了。她站在我的面前端詳了好久。我知道她是心疼自己的兒子。但我一個勁兒告訴她自己沒事。父親則坐在一旁默默抽著煙，偶爾看我一眼，隨即又低下了頭。我的老婆先是接下我肩上那個破爛不堪的包袱，隨後拿出我的換洗衣服，轉身進屋燒水去了。我想我是得好好地洗個澡，我自己都感到身上有種發酸的味道。還有我頭上那堆亂髮，看上去就是一個鳥窩。

再有我的兩個孩子，一男一女，他們不知是難以抵禦我身上的臭味，還是完全忘記了父親的形象，總是遠遠地躲在大人後面，兩眼怯生生地看著我，就像看著一個怪物。一陣酸楚頓時湧上心頭。也就在這一刻，我才感到欠他們的實在是太多了。在外面時，我常想寄給他們母子三人足夠的錢，讓他們過上好日子就盡到了我這個丈夫和父親的責任，現在看來這還遠遠不夠。有些東西是不能用金錢彌補和衡量的。在此後的時間裡，我儘量待在兩個孩子身邊，或者說讓兩個孩子儘量待在我的身邊。在度過最初的生疏之後，兩個小傢夥終於接納了我這個父親。到後來他們似乎一刻也不讓我離開，包括晚上睡覺。我只好先在他們的床邊躺下，然後再偷偷回到老婆身邊。有一次，他們一覺醒來發現我不在，就躡手躡腳地摸到我的床邊。而此時我正在和老婆熱火朝天幹那事，黑暗中看到兩個小傢夥驚詫的眼光，我們一時不知如何是好，只得緊緊地抓住身上的被子。

聽說我回來了，槐青立馬就過來了。其實這邊的情形他在信中已說得非常清楚，無非聽他再複述一遍。第二天，我們去找孫慕風縣長，看他有無良策？孫縣長兩手一攤，只得陪我們長籲短歎一回。這也是意料之中的。無奈之下，我只好去找第五戰區的軍需長官。這同樣是一個粗魯無禮的傢夥，顯然他是經過李長官授意的，否則他不會如此有恃無恐、囂張跋扈。而我只好一個勁兒點頭哈腰，受盡屈辱。當時我只有一個信念：把雪公交給我的事情圓滿辦妥。至於個人榮辱，大可忽略不計。在雪公身邊這麼多年，我明白一個道理：一個人若要有大氣量就要算大賬。成天盯著蠅頭小利的傢夥終將一無所獲。我並不是個生來具有大氣量的人，說到底我只是跟在雪公後面邯鄲學步鸚鵡學舌而已。

儘管好話說盡，可那個粗魯無禮的傢夥絲毫沒有讓步的意思。他那一臉不耐煩的神情已經把他的內心暴露無遺。再繼續下去也是白費口舌。他直言不諱地告訴我，一個月的期限已經為時不多了，我們是先禮後兵，到時不能按時交足錢糧別怪我們不講情面。儘管如此，我仍然據理力爭，說雪公老家一年也收不到一千石糧食，七百石也不足，所有店鋪年租金不足兩萬。你們卻要一千石糧食五萬元現款那不是強人所難嗎？對方說，雪公老家到底收入多少？我們心中有數。你不要在此廢話，趕緊去籌錢吧。

這時，我亮出了最後的底牌，也是不得已而為之。我說：既然你們硬是不相信雪公，那麼這樣吧，我現在就將他家所有田契和店鋪合約交給隨縣政府代為管理，他們算出來多少就是多少，據此如數上繳，怎樣？

這是我一路想出的唯一可行的辦法，一是免得軍方總是糾纏不放，二是以此證明雪公清白。

對方猶豫片刻，只得無奈地答應了。

次日，我和槐青又去找孫慕風，孫縣長叫來文書將我們送來的各類憑證一一收下。事情到此，我們覺得萬事大吉，一身輕鬆。槐青甚至無不得意地說，現在看他們還說什麼。我說你不要高興太早，欲加之罪，何患無詞？我瞭解這幫人，他們若誠心想刁難你總會找到理由的。槐青還是不信。

不幸被我言中。第三日，縣政府和五戰區軍需處來了幾個人，說是要對佃戶姓名和押租數目詳細核查。要查就讓他們查吧，我和槐青兩手一攤，說：儘管查去。

說到底，核查只是一個由頭，讓雪公下不了臺才是他們的本意。再說他們如此興師動眾，就是要在家鄉將雪公聲名搞臭。從某種意義上說，他們的目的已經達到了。雪公在家鄉差不多威名掃地了，至少不像有些人所說的那樣大權在握。看看吧，雪公在李長官面前是那樣的卑微，李長官玩弄他就像玩弄手中的木偶。雪公在李長官的掌中絲毫沒有反抗的能力，只有乖乖地任其擺佈。他雖然還是陸軍上將，但這個上將已經空有其名，不值一文。第五戰區的高級指揮官在許多場合暗示雪公早已失勢，蔣總裁不再信任他了，他徹底被拋棄了。如今，他儼然一隻垂暮的老狗，到了苟延殘喘的地步。他們還拿「西安事變」舉例，說他在蔣總裁生死存亡的時刻見死不救，是一個忘恩負義的小人。為此他還得到一個「何人斯」的綽號，這是盡人皆知的。看看他跟少帥的公開電吧，說什麼「以委座之德威，竟被劫持。弟何人斯，能無顧慮？」這是一個軍人說的話嗎？軍人當馬革裹屍，視死如歸。而雪公，當需要他挺身而出的時候卻貪生怕死，畏縮不前。你們瞧瞧，這樣人已是民族的敗類，軍人的恥辱！

這些話由某個人說出，接下來一傳十，十傳百，百傳千千萬。常言道，好事不出門，壞事傳千里。一時間，關於雪公的消息和傳聞，就像幽靈一樣不分晝夜在家鄉的上空遊蕩。

在隨後的一段時間裡，幾乎人人都在議論著雪公的為人，傳遞著他的各種小道消息，且不斷添油加醋。後來，有人竟說近幾年雪公從武漢、從南京、從北平運回來大量的金銀財寶，而這些金銀財寶現在埋在祖屋的後花園裡。對此有人信以為真，有人甚至深信不疑。

儘管各種傳聞滿天飛，但我們卻一無所知。顯然，人們都有意避開我們這些人，其中包括雪公的親戚、友人，以及那些平日走得很近的人。而另外一些人則有意迴避我們，譬如孫縣長。我們找了他幾次都沒有見到他，縣衙大門口的警衛說他不在城裡。這個謊撒得並不高明。且不說縣長大人的座駕——那輛黑色轎車還停在院子裡，就在剛才我和槐青要求面見縣長大人時，警衛還滿面春風地讓我們稍等片刻，隨即屁顛顛地跑進裡面通報去了。但回來時警衛的臉色就變了，不僅沒有了笑意，甚至不耐煩地說縣長不在，要我們早點離開。當時槐青還想硬闖進去卻被我一把攔住了。我比他更瞭解官場中人，他們的臉色變化往往比小孩兒的脾氣還要快。這不難理解，在官場，權勢往往是官員取捨的唯一標準。如果你還想跟這些人談感情的話，那你就是傻冒一個。

只是當時我們還不知究裡，不知其中到底發生了什麼？在我的預感中，其中一定發生了什麼。是什麼呢？我的第一感覺是重慶那邊出了什麼事。想搞垮搞倒甚至將雪公治罪的人不在少數，尤其是「西安事變」之後。一想到這兒，我的心就怦怦直跳。身處偏遠小鎮，我們的資訊是非常閉塞的，再說重慶不比南京，通信也十分不便。電話可能只有軍隊內部是暢通無阻的。電報有時發出後不一定會送達到當事人手中。而寫信往往需要十天半個月甚至更長時間才能送達。

到底出了什麼事兒？我顯然為雪公擔心起來，而這種擔心只有悶在心裡，對誰也不能說，包括槐青。在沒有弄清事情真相之前我不想引起更大的恐慌。在那個時期，槍斃一個人是再平常不過了，不管你是高官還是富商，也不管你過去對黨國有多大貢獻。像韓複榘這樣權重一時的人都殺了，誰不是噤若寒蟬？這也難怪，那會兒正是抗戰最困難最艱苦的時刻，戰場上的失利，物資的匱乏，還有國內外各方的指責，已經讓國民政府焦頭爛額。所以一點小事就可能惹怒高層並招來殺身之禍。在此情形之下，我能不為雪公擔心嗎？

好在我很快就知道了事情的原委，這也讓我懸著的心落地了。與那些生死攸關的事情相比，眼下的一切也許算不了什麼。因為這畢竟能夠用金錢去擺平它。

核查的結果要求我們共交四萬元現金。槐青在據理力爭。我知道再爭也是白費口舌。因為當時幾乎所有人都站在我們的對立面，包括那些左鄰右舍鄉裡鄉親。他們都迫不及待看我們家的笑話呢。將此事儘快擺平，讓它快點過去，才是明智的選擇。

我一邊告訴對方我這就去籌錢，一邊拉著槐青往回走。槐青是一百個不情願，還臉紅脖子粗地斥責我軟弱無能。我沒有爭辯。也無須爭辯。這就是一個人的閱歷所限。你沒有經歷那些事沒有見識那種場面，你就不能理解其中的奧秘所在。

說是去籌錢，其實不用籌。四萬元在當時雖不是小數目，但在外闖蕩這麼多年，我還是拿得出來的。再說為了一報雪公這麼多年的恩德，我也應該拿錢出來為他消災。為掩人耳目，那些天我高調地在鄉裡借債，有地主老財，也有商鋪老闆。有一個地方不能不去，那就是秦府。去秦府借錢可謂一舉多得。秦府是鄂北大戶，聲名遠播，向他們借錢表明雪公目前的困境，再由秦家傳揚出去，豈不快哉！此其一。二是我想借此試探一下秦觀樓這個老賊的態度。往日雪公回鄉，秦觀樓總是鞍前馬後，極盡阿諛奉承之能事。如今雪公失勢了，我倒是想看看他又是以何種面目待人？我挑選上午九點左右去見他，那會兒他可能剛吃過早餐卻又沒有出門。見我來，秦觀樓還是高嗓門大喉嚨地吆喝著「來了稀客」，然後沏茶，再就是問候雪公近況。我正好借梯下樓，哀歎如今世道艱難，國破家亡，就連雪公這等同盟會革命前輩也到了借錢還債的地步。

秦觀樓聽後一笑，連說賢侄說笑了。俗話說瘦死的駱駝比馬大，更何況雪公還活得好好的。

這話明顯帶刺，且有種幸災樂禍的意味。商人多奸詐。我也是見怪不怪了。緊接著，我提出借錢一事，希望秦公看在往日的情份上出手相助。秦觀樓又是一陣假笑，隨後道，別說區區四萬元，就是四十萬四百萬，對雪公來說還不是九牛一毛?!別人不知，難道我秦某也不知嗎？依我看賢侄回到小鎮是閒得無聊，來寒舍拿老夫尋開心是吧？對不起，恕不奉陪！說罷手一揮：送客！

我愣在那兒沒走，倒是秦觀樓一臉惱怒地轉身走了。民間有高人。這秦觀樓雖長年蟄居小鎮，卻是個見多識廣的人，不是那麼容易被人戲耍的。剛才我還樂呵呵地暗自得意呢，沒想到偷雞不成反蝕了一把米，只有自認倒楣了。

儘管在家鄉有太多的不愉快，但與經常遭受日機轟炸的重慶相比，這裡相對和平安全些。更重要的是，在家人身邊我感到從未有過的溫暖。尤其是兩個兒女在我身邊嘻鬧時，內心的甜蜜和滿足也是無法用言語表達的。這種親情是一劑清洗劑，洗淨了我在外面遭遇到的種種不快。哦，不論外面遭受過多大的委屈，看到孩子們小鳥般向我撲來，一切委屈均已煙消雲散。他們在我身邊瘋呀鬧呀捉迷藏呀，用不盡的快樂縈繞著我。有時，我的老婆會呵斥孩子說，爸爸剛從外面回來，很累，你們能不能讓他休息一會兒？去，出去玩去。孩子們一下子愣住了，用期待的眼神望著我。我總是說，讓他們瘋去，不累。旋即笑聲重又響起。

是的，我決定在老家待上一陣子。到底多長，我也說不準。不過，當前最要緊的是給雪公寫信，告訴他委託的事情業已辦妥請勿掛念。在這封信裡，我還祥細介紹了他的家產在兩次隨棗會戰中被毀的情況。雖然他的祖屋安然無恙，但一些店鋪被落下的炮彈炸毀了，同時遇難的還有兩位親戚。

【雪公自述】片斷

讀到侄子的來信我的心情可謂五味雜陳，憤怒、慰藉、厭惡、失望等等情緒一下子湧上心頭，很難說到底是什麼占了上風。名聲，過去我是多麼地珍視。現在想來，嘴長在別人身上你管得著嗎？一個人要說你的閒話他不當面講但他可以背地講，不在白天講但可以在夜晚講。所以，還是任人說去。仇官仇富的心態，中國人自古有之。誰都希望比自己過得好的人倒楣垮臺。不過，這些人又是善變的，如果你明日重新掌權，他們還會匍伏在你的面前。這樣的事我已經見得太多了。

在世人眼裡，這次我與李長官之間的爭鬥幾乎落了下風。但我是不那麼容易被打敗的。此事雖不易明爭那我就來暗鬥，為此專門給總裁呈送了一份報告。在報告的開頭，我自然要以老賣老一番，說自己幼年在武漢讀書，後又轉學日本，追隨孫中山、黃興兩位先賢奔走革命，尋求真理，因而罔顧家事，老家除一些祖輩遺留下來的田產之外並無其他。僅在武昌有房屋兩棟，武漢會戰時被倭寇悉數炸毀。此次隨棗會戰，倭寇又炸毀我家祖遺房產數間，並有兩位親戚在此次浩劫中罹難。

隨後我話題一轉，聲稱自己對軍隊征糧並無異議，也不敢落入他人之後，專程寫信讓家人悉數繳納。然而，如今政府及駐軍對此誅求無厭，知我在政界軍界屢任要職，以小人之心，度君子之腹，懷疑本人家產不止於此，不時強行勒索，家人不堪其擾，無奈之下只好將家產如數交隨縣政府代理，其租課收入悉數上繳。儘管如此，有人仍不依不饒，公報私仇，以種種理由百般刁難。寫到這裡，我暗示李某的家鄉並未淪陷，據我所知，其田產則是數倍於我。不知當地政府是否同樣辦理？

報告的最後，我寫道，本人實屬無奈才擬此報告呈送總裁，望查明實情，還本人之清白。也許是出於氣憤，在報告的末尾，我發了一通牢騷：幸虧我在政府中尚有一不甚重要之職務，節衣縮食，勉可維持，否則會淪為饑民，流落街頭。云云。

報告呈送上去半晌，我還在那裡忿忿不平。心想，這份火氣沖天的報告或許不能消去心頭之痛，反而是火上澆油。不過管它呢，一切隨它去吧。我這個軍法總監本是個可有可無的角色，就是一擼到底又能怎樣？我已經倒楣透頂了，還能倒楣到哪裡去?!

話又說回來，事後想想有些話或許說的過頭了。因為我面對的畢竟是總裁，是一個決定我命運的人。如果他一時怒起我可能真的要倒大楣了。

就在左思右想中煎熬兩天之後，報告被送了回來，上面有一行批語：報告收悉。吾兄毀家紓難，義同昔賢，體國之忠，良用嘉佩！至於外界無謂蜚語，大可不必介意。下麵是總裁的親筆簽名。

這段批復我一連讀了數遍，夜晚睡在床上突然想起竟能背誦如流。雖然它只是一些冠冕堂皇的廢話，但畢竟對我是一個安慰。

是安慰嗎?也許還有那麼一點兒悲哀。我已經被踢出局了，早已不再是那個對他的霸業提出挑戰的潛在對手了。所以這樣的人發點牢騷是無關宏旨的。與我作對的那個李長官才是值得時刻提防的人物，說不定一覺醒來發現對方正坐在自己坐的位子上呢，在原來自己蓋印的地方正蓋著對方的印章。

第十一章

與玉兒天各一方。多次把別的女人當成玉兒，出現精神錯亂的徵兆。出於報復心理，讓殺妻的張軍長從西安步行到南京受審。請不要打擾一個瘋子的美夢。晚年的雪公深夜走向那座住著他一生心愛的女人的「水晶宮」，以死殉情。

我和表叔

對於我個人來說，婚姻是我最不願談論的話題。一個人，不論男人或女人，如果過了三十五歲還沒有結一次婚的話，他（她）們也許就不該結婚。我的觀點或許有些偏頗，但一個過慣了單身生活的男女，身上不僅總有對方不能忍受的怪癖。或者說不能忍受一個正常人能夠忍受的事情。我們會為一點雞毛蒜皮的小事大為光火，或者為對方一句話而離家出走。我們獨來獨往習慣了，真的覺得婚姻是束縛手腳的繩索，竭力想掙脫掉。我就是最好的例子。我們的婚姻生活已經被理想化了，而現實又是如此瑣碎如此煩惱，所以又是如此不能忍受。

在我的婚姻生活中，我的那位太太不止一次公開表示我並不是她理想中的丈夫。你也不是我理想中的妻子，不過我沒說，而是改口道，這世上也許就沒有你理想中的丈夫，那個人壓根兒就不存在。有時，她若有所思地說，只是我已經錯過了，永遠錯過了。

你壓根兒就不該結婚，你應該永遠只做一個戀愛中的女人。我說。

或許這句話同樣適合玉兒。

這是我和表叔第一次面對面地談論我的婚姻。之前，我沒說表叔也沒問。但我想這老頭兒精著呢，他早就感覺到了。然而，我的關於玉兒只適合做一個戀愛中的女人的說法還是讓他大吃一驚。有的事無論你理解得多麼透徹，分析得多麼縝密，然而，親歷者的感受還是讓這些黯然失色。

表叔說，你的分析或許沒錯。玉兒一生沒有結婚。或許她有過成家的念頭最終還是放棄了。而我顯然不是這個意思，我的意思是雪公對她一往情深，至死不渝，如果他們最終組成了家庭結果又會如何呢？

我想那是許多人願意看到的。我祝他們幸福。表叔笑了笑說道。

他們會幸福嗎？我是說當他們歷盡坎坷度盡劫波之後，還會有幸福可言嗎？我問。

表叔這會兒只有苦笑了。走在一起組成一個家庭，一直是他們共同的願望。至於幸福，那是一扇又一扇緊閉的門後面的祕密。誰會打開那一扇又一扇門去窺視裡面的祕密呢？我想大多數人不會。除了你們這種人：作家。

表叔繼續說，人還是裝傻一點吧，愛因斯坦就說過，沒有聽說過聰明人有幸福可言。哦，還是讓那些門都關上吧，讓其中的謾罵、爭吵，以及摔碎玻璃和砸爛傢俱的聲音永遠湮沒在裡面吧。到第二天早上，夫妻倆還會一如既往地滿面春風地出現眾人面前，一如既往地接受眾人投來的羨慕的目光。

那會兒我和表叔正走在小鎮的街道上。大約是九點半的樣子，我們選擇那些背街小巷，那些木製房子和鵝卵石鋪成的小路。由於峽窄得容不下汽車通過，因而顯得格外寧靜。身邊常有相互追逐的小孩子風也似的跑過，身後則常有一扇門被嘎吱一聲關上或打開。表叔問我仔細觀察那一扇扇門沒有？見我用好奇的眼光望著他，他頗感得意地說開了。在城市，那一扇扇門都是緊閉著的。在鄉下，只要家裡有人那大門則是大開的。表叔繼續得意地說道，而在小鎮，那些大門則是半掩或是半開著的。

我不得不佩服表叔的細心和眼力。那麼說城裡人有太多的祕密是見不得人的了?我笑著問。

表叔接著道，這與祕密沒有關係但卻與幸福有關。回來這半個多月裡，我偷偷做了個調查，發現就幸福指數而論，鄉下人最高，小鎮人次之，城裡人最低。

【雪公自述】片斷

我是一個愛做夢的人，如果世界上評選做夢最多的人我准能得冠軍。這麼跟你說吧，如果五分鐘打個盹我也會做一個夢。不過在我夢中出現最多的那個人就是玉兒。在夢中，玉兒總是以不同的面目出現，她的衣服沒有一件是相同的，容貌每一次都在變化。有幾次，她給自己化了濃妝，另有一次她甚至戴上了面具，我還是通過那熟悉的眼神或是循著朝思暮想的聲音，在萬人叢中找到了她。多少次，我眼睜睜看著她漸行漸遠無論怎樣聲嘶力竭地叫喊卻沒法讓她回頭。多少次，我因為竭力呼喊她而從夢中驚醒並把自己弄得大汗淋漓。應該承認，隨著年歲漸長，她在我夢中出現的次數越來越頻繁。而那一次，也就是一九五六年十二月十二日的子夜，她在夢中去世的消息讓我確信她已經不在人世。我調動所有的關係包括在大陸和香港的特務組織來打聽玉兒是否仍然活著？在一切未果之後，我只好用所有的夢都是反的來自我安慰。隨後我又用無數個實例來證明我的夢往往成真重又擔心起來。

多年來，半夜裡我會叫著玉兒的名字從夢中醒來，而我的夫人則醋意大發。她用下流、骯髒的話向我發洩，說我一直沒有忘記「那個母狗」，夜半三更還叫著她的名字。有時我不得不承認，就在前一刻，我和玉兒在夢中相會，情景真實得如同陽光照在水面上發出的粼粼波光，也如同你站在高粱地裡聽到拔節的脆響。而有時，與我牽手的卻是另一個女人，一個陌生的面容姣好的年輕女子。我牽著陌生女子的手心裡卻以為那就是玉兒，待我側身看時發現並不是她，於是我驚叫著從夢中醒來。有時我能清晰地知道自己喊出了那個名字，有時卻不敢肯定。但從夫人的罵聲中，我明白自己可能是喊出了聲來。我不敢反駁，更不敢詢問，惟有默默承受夫人的責備。同時，從夫人的責備中我知道自己有說夢話的習慣，我也憎恨自己為什麼偏偏要說出口呢？在夢中，也許沒有人能管住自己的嘴巴。

我夢到玉兒最多的時候應該是抗戰爆發之後，也就是我在北平見到她那位躺在床上的畫家情人之後。自從北平落入日寇之手直到一九四六年我們差不多十年沒有見面，有時甚至電話都打不通。通信成了我們唯一的聯繫方式。說也奇怪，越是感到玉兒在離我而去，我對她的思念就越強烈，那信就像初戀的情人說的淨是傻話。就像一個溺水的人兒越來越想抓住遠方的飄浮物。我在嘴裡說她已離我而去了，她的心已經屬於另一個人了，我們不可能在一起了，永遠不可能了，一切都一去不復返了。但我的內心仍然固執己見，堅信我們終有重逢的那一天，她頻繁地出現在我的夢裡就是最好的證明。

不僅在夢中，在夜深人靜的夜晚，有時在白天，在眾人遠離我內心倍感孤獨的時候，我也會想到玉兒。想到她就在身邊，在一把帶扶手的椅子上坐著，或是在屋子裡走來走去，或是提著一隻籃子從外面買完東西回來。這時我就和她說話，說一些她不在時我一直記在心裡的話，或者只是望著她心裡想的那些話壓根兒就說不出口。看著，或者說欣賞著她的每一個動作，臉上洋溢著傻瓜般幸福的微笑。那樣子一定很蠢也很美。

我就這樣陶醉其中，有時會被一陣敲門聲所打斷，有時會被某個冒失鬼撞個正著。如果是前者，我會讓自己鎮定一會兒然後再說一聲「請進」；如果是後者，我先是一臉尷尬接下來是一臉惱怒。而對方慌張的神情同樣令人啼笑皆非。我的世界分裂了。如果說，這是一種「遊戲」的話，它一樣讓人上癮，讓人心醉神迷、樂此不疲。它的確具有麻醉功效，是一朵盛開的美豔無比的罌粟花，一旦被它的美麗和香氣所迷惑就再也逃不出它精心編織的羅網。一開始，我並沒有意識到這些，只是一味地在它的通幽的曲徑中走下去，直到最後絕望而終。如果我真的成為一個瘋子，一個精神錯亂的人，那可能更好些。就連終身致力於「精神疾病」治療的佛洛伊德也說，我們或許不該去驚醒有些人的美夢，瘋子的世界或許比現實生活更美妙。誰知道呢？就連莊子也說，子非魚，安知魚之樂？

不幸地是，我不是那個完全瘋了的傢夥。我在瘋狂和清醒之間遊走。我在玩一種走鋼絲的遊戲。這就是我痛苦的根源。我時常深陷其中，卻一次又一次被迫拉入殘酷的現實中來。後來，在我年事漸高不再迅速勃起的時候，其夢境越來越增加了性愛的成份。我敢說，那是我們從未達到的性愛境界，一種極樂的至境，一種萬劫不復的至樂。它是在夢中，還是我「清醒」的時候？我記不清了。或者說我逐漸混淆了空間的概念，忘記了白天和夜晚的分野，甚至超越了生死的界限而不知道自己那一刻是活著還是已經死去。

哦，那該死的時間之箭，它射穿了我的身體讓其逐漸腐朽潰敗，而將毒汁帶入了我的大腦。是的，這箭的速度同樣超出了我的想像，它太快了，快得沒有任何預感和先兆。過去，面對一個豐滿嬌豔的美人兒只要條件允許，我會隨時掏出傢夥來將其壓在身下，讓她欲生不能欲死不得。現在呢，即便那美人兒將她全盤奉上我也許會自慚形穢地選擇退讓，因為我不想被人恥笑並被傳為笑料。

迅速衰敗的不僅是曾經令我自豪的生殖器官，還有視力。由於我討厭戴眼鏡，所以我常常在大街上認錯人。這似乎還是小事。一次在南京的大街上，通過背影我認出了玉兒，那身材，那髮式，還有那走路的姿態，甚至那臀部扭動時散發的性感風騷的氣息，使我斷定那就是玉兒無疑。在發現她的那一刻我站住了，心想玉兒不是在北平嗎？她是什麼時候來的南京？她明明知道我在這兒，為何不來找我呢？但我同時看到了她身邊那個高高瘦瘦的男人。我想一切答案也許是因為那個男人的緣故。不過，我還是奮不顧身地穿過人群追了過去。當我氣喘吁吁地來到她的身後，叫著「玉兒——」的時候，她轉過身來。這一刻，我才發現自己認錯人了。另一次是在家裡，晚上九點鐘左右，一家人坐在客廳裡聊天。聽到一陣敲門聲後，我起身去開門。在門口，我看到一個女人站在那裡。當時我是多麼地驚惶失措，半晌說不出一句話來。我想，那一刻我的臉色一定將我的心思袒露無遺。這時，我的老婆走了過來。她站在我的身後，說了聲「請進」。當那個女人來到客廳，來到明亮的燈光下面，我又一次發現自己認錯人了。這一次我甚至忽略了這個女人身後的男人。

你可以說這是精神錯亂的徵兆。在美國，需要去看精神病醫生。然而在中國，無論是大陸還是臺灣，人們可不這樣認為。除非你已經完全神智不清，做出什麼出格的事情來，當然是殺人放火之類的事情，否則沒有人認為你患有精神疾病的。此外，我也不會承認自己患有精神疾病，大不了是神經衰弱，一種老年性的常見病。沒有什麼值得大驚小怪的。

再說，我可不想把這事傳出去，說我是因為想念一個女人而變成了精神病人。還有我的身分，國軍陸軍二級上將。無疑，那不僅丟了國民政府的人，還給我的家庭抹了黑。不用說，那些報紙、電臺，還有別有用心的人會為此大做文章。這是可以預料的。

表叔的講述

我以為自己一直會待在家鄉，不再跟著雪公漂泊了。那一次我也著實待了好長時間，半年？抑或是五個月？最終我還是走了。人生有太多不確定的東西。包括你對自己的瞭解。多少年來，我無數次告誡自己：你已經厭倦了漂泊，該是葉落歸根了。儘管我只有三十多歲。這或許與年齡沒有太大關係，我在雪公身邊經歷的事情太多了，身心俱疲，累了，該回去休息了。然而，三個月之後，我平靜的心又躁動起來。幾次我想對自己說，是該重新出發的時候了。但幾次我抑制了衝動，掐滅了剛剛燃起的火苗。這樣又過了一個月，再一個月。我感到自己心中那股火焰越燒越旺，到了爆炸的邊緣。於是，我只好告別妻子兒女，又一次踏上旅程。

對於雪公的一生，我是最有發言權的。他的少年青年時期的故事我聽他講了無數遍。自一九二九年始，我一直在他身邊，從武漢到南京到重慶到香港，再到臺灣。多麼漫長的一生啊。後來，我竟成了他肚子裡的一條蛔蟲，不說，我就知道他在想什麼。

哦，儘管他做了一些傻事、錯事，一些不可理喻的事，但他的一生又是多麼精彩啊，多麼波瀾壯闊！有時面臨絕境，有時又柳暗花明。有時眾星拱月，有時又落落寡歡。這樣的人生才是一個人要過的，才不愧枉來世間一趟。一帆風順，或一生倒楣的人生都是無趣的，只有跌宕起伏的人生才值得大書特書。把雪公的故事寫出來，成了我生前最大的心願。親愛的表侄，這也是我來找你的原因。你會問我為什麼不找一個臺灣作家來寫雪公呢？是的，在臺灣的確有人想從我的肚子裡挖出雪公的故事，但他們會對他作出公允的評價嗎？正所謂不識廬山真面目，只緣身在此山中。我想找一個完全陌生的人去寫他，所以我找你來了。

如今，我已是八十歲的耄耋老人，沒有幾年好活了。我希望在我有生之年能看到此書出版。這樣在我死的時候，我會特地囑咐後人放兩本書連同我的屍體一起火化。在陰間去同雪公會面的時候，我會將其中一本送給他，說：這就是你一生的總結。它比你那本自述更完整更豐富也更直率，你在自述中不想說的或者是忘記說的故事一古腦地全部抖落了出來，你心中那些陽光的陰暗的甚至是羞於見人的想法也都暴露無遺。哈哈，真不知道我這樣說時雪公會作何種反應。但毫無疑問，這本書是最好的見面禮。當然，另一本我會時常帶在身邊，細細品讀。因為那裡面也有我的故事。哈哈，那樣我就死而無憾了。

在我看來，雪公一生中幹得最漂亮的一件事是處理張軍長殺妻的案件。許多人說，這事只有雪公做得出來，只有雪公有這樣的膽識和智慧。說這話的人感到大快人心。當然，也有人說，雪公使的是陰招損招，不是正人君子所為。不管怎麼說，雪公幹得漂亮，無論他的朋友還是他的敵人都對此佩服得五體投地。

都說軍法執行總監這個官難當，是件吃力不討好的苦差事。當時，在南京這座日漸膨脹欲壑難填的城市，駐紮著那麼多國民政府黨政大員，還有一些國家的使節和記者，還有搜集各種情報的間諜、無法無天的流氓地痞、花枝招展的妓女、做著一夜暴富美夢的奸商、企圖撈個一官半職的投機分子。等等，三教九流，魚龍混雜。可謂林子大了什麼鳥兒都有。軍紀混亂，是人們時常抱怨的事情。是的，那會兒剛剛趕走日本人，全國解放了，到處都在慶祝勝利。那些軍人，尤其是軍官自恃作戰有功所以幹什麼事都有恃無恐。你可千萬別責怪他們買東西不給錢，因為上級發的那點兒軍餉幾天就花光了。你也別責備他們光天化日之下與妓女勾肩搭背，有失軍人體統。他們會說這天下是老子用命換來的，怎麼?現在享受一下就過分了?!還有，兩個軍官為一個女人大打出手，不僅動了槍，雙方還把部下拉去了，一邊幾十上百人荷槍實彈，一觸即發。一九四六年的南京城，在一片歌舞昇平中真是夠亂的，也難怪有那麼多人在抱怨。一些話都傳到總裁耳朵裡去了，總裁找來雪公，問他這個軍法執行總監管不管事?!挨了一頓訓斥，從總統府出來，雪公就把一肚子怒氣發在下屬身上。於是，南京城就多了一些糾察隊，白天黑夜值班，大街小巷巡邏。你猜怎麼著，打架的更多了，而這次是糾察隊與違紀的軍人打架。一次，一位連長被打得頭破血流、鼻青臉腫。連長哭著回去向團長告狀，團長怒斥道：「還有臉跟老子講，你的部隊是幹什麼吃的?打不贏你就別回來見我!」連長即刻召集部隊，兩輛卡車載著實槍荷彈的士兵直奔糾察大隊，不由分說就往那棟大樓掃射。糾察隊也有槍，不過只有輕武器，人家不僅有機槍還有迫擊炮。一時間，大樓所有的玻璃被打碎，兵們只能趴在床底下大氣兒不敢出。大門口，兩個站崗的士兵還中了槍。其中一個人險些送了命。

毫無疑問這事鬧大了。當事件報告給雪公時，雪公當時氣得足足有三分鐘沒有呼吸，人們看到他的臉先是變紅變紫最後變成死人一樣的蒼白。我要把那個狗娘養的告到軍事法庭上去!當人們聽到雪公從牙縫裡說出這句話時，才確定他重新活了過來。

有那麼一陣子，雪公確實為「把那個狗娘養的連長告到軍事法庭上去」東奔西走，結果卻令人失望。雪公壓根兒沒有見到那個連長，也沒有等到軍事法庭開庭。對方給他的答覆是，那個傢夥已被撤銷了一切職務並遣送到東北最艱苦最寒冷的地方當了一名伙夫。鬼才相信呢！絕望之時的雪公顯得萬般無奈。

有人說，正是這一事件使得雪公對後來殺妻的張軍長不依不饒。想想看，一個小小的連長完全可以遁形於百萬大軍中，而一個堂堂的軍長無論走到哪裡都難以掩人耳目。更重要的是，他從這件事上汲取了經驗教訓，說白了你別指望「公平、公開、公正」地對殺妻的張軍長進行審判，因為他既是總裁的寵兒，又在軍界和政界編織了一張縝密精細的關係網。所謂「公平、公開、公正」只是一塊遮羞布而已，而所謂的「審判」完全是糊弄鬼的把戲。

至於張軍長殺妻案想必你也知道。怎麼？你不知道？現在都二十世紀九十年代了，一些事有必要隱瞞嗎？這在當時可是轟動全國的大事件，國外的報紙都報導了。據說整個事件是由一個誤會引起的，一位營長從西安探親回到部隊，帶了一些土特產去面見同是陝西籍的張軍長。軍長問這位小老鄉「見到你嫂子沒有」？這位營長突然想給軍長開個玩笑，說，見到了，在一個戲院門口，看到嫂子挽著一個小白臉一同進戲院看戲呢。重要的是，這位營長事後並沒有澄清這是一句玩笑話。而張軍長則懷恨在心了，心想老子在外面打仗你卻在家裡養漢子。第二天就驅車回到了西安。女人對丈夫的突然歸來又驚又喜，問他想吃點什麼？張軍長說隨便。女人說，我給你包餃子吧。即去菜園挖菜。張軍長跟到菜園，對著女人的後腦勺就是一槍。

在那個戰火紛飛的年代，在以殺人為職業的軍人看來，殺一個人壓根兒用不著大驚小怪。所以，張軍長將妻子安葬了之後就重返前線並裝作啥事都沒發生一樣。然而，事情並沒有就此了結。因為張軍長的妻子是有點兒來頭的，她曾是蔣夫人、廖夫人的牌友，常在一起打打麻將。拿現在的話說，有點兒兩位夫人的閨蜜的意思。事情傳到兩位夫人耳朵裡，兩人就發脾氣了：你張軍長好大膽子，不問青紅皂白就一槍把人斃了。一定得嚴加懲辦！嚴加懲辦就是交給軍事法庭審理。也就是說這事落在雪公手裡。雪公正窩著一肚子火無處發洩呢。也活該張軍長倒楣。

雪公知道張軍長是總裁的紅人，嫡系中的嫡系。看看張的部隊清一色的美式裝備你就明白了。眼看馬上要跟共產黨爭天下，張軍長就是寶貝疙瘩。韓複榘可以殺，但這個人卻秋毫不能動。也就是說，所謂軍事審判那只是走走過場而已，做給別人看的，裝裝樣子罷了。雪公自然明白這一點。即使把張軍長弄到軍事法庭來照樣不能把他咋樣。中國的事情就是這樣，判一個人有罪與否全憑長官意志，法官說到底就是傀儡。他雪公同樣是傀儡。如果你硬要堅持公正的判決，到頭來可能是自取其辱。對此雪公再清楚不過了，所以他要選擇在審判前行動。

【雪公自述】片斷

那段時間我的心情糟透了，壞消息總是接二連三地找上門來。在這種情況下，人總是喜歡幹點出格的事，發洩一下心中的不滿。也活該那個傢夥倒楣。對於張軍長，我們多次見面，不過只是點頭之交。在這個傲慢的傢夥眼裡，我只是一個無用的老古董。這從他每次看我的眼神裡一望而知。我也許早就有教訓一下他的心思了，過去我沒有機會，而這一次可謂天賜良機。

在張軍長來南京接受軍事法庭審判之前這段時間由我管，也就是由軍法處派人將他押解至南京。其實，將嫌疑人交給軍事法庭就沒有軍法處什麼事了，我就是想插手這個案子恐怕也是鞭長莫及。那些法官多半是上面指定的，怎麼判決事先有人已經給了口信，接下來無非是走走程式罷了。他們故意將程式搞得公開透明，其實是掩耳盜鈴的勾當。所以，我想教訓那個傢夥的話，只能在押解途中。這是唯一的機會，錯過了將不會再來。在我國古典文學名著《水滸傳》裡就有犯人在押解途中遭受種種折磨的描寫，我只需「借鑒」一下即可。但我並不想抄襲古人的智慧，決定青出於藍而勝於藍，做得更高明更巧妙，讓那個傢夥啞巴吃黃連——有苦說不出。

我就是這樣一個人，就是壞事也要做到極致，做成一門藝術，做到讓人歎為觀止，做到讓人吃了大虧還不得不佩服。這可真不容易。但別忘了，我是一位謀士，腦子裡總有許多奇思妙想。我用兩天的時間想出了一個奇妙的點子，並想好了所有的細節，下面只是組織實施了。我想他們即使知道是我指使的也找不出證據。但他們一定會想到我，會說只有雪公才想得出這樣巧奪天工的鬼主意。話又說回來，我就是要讓他們這麼想。但我不會承認這是我幹的，或者說是我出的主意，也就是說我是那個幕後指使。打死我也不會承認。有一天他們拿到了證據我也會矢口否認。這是一場貓捉老鼠的遊戲。

應該說我的計畫實施起來非常順利。首先我讓軍法處給張軍長發了一封電報，讓他自行來南京報到。張軍長很快就複了電，說他在西安家中料理一些後事，所謂的後事就是為亡妻燒「五七」。這顯然是掩耳盜鈴的伎倆，表明他對自己的所作所為是多麼後悔，對亡妻又是多麼深情難舍。他這樣做無非想獲得世人的同情和原諒。他說亡妻的「五七」過後他就立馬來南京軍法處報到。事實上也確實如此。很快他就上路了。張軍長乘坐的是一輛美國吉普。就跟往常到南京開會一樣，大搖大擺，耀武揚威。唯一不同的是他這次沒有穿軍裝而是穿的便服。但派頭還在，神氣十足，他知道誰也不會把他咋樣。臨行時他甚至告訴部下說，自己很快就會回來的。

讓張軍長萬萬沒想到的是，他的座駕在西安至寶雞之間一塊荒涼的地方被劫了。搶劫他的顯然是當地的一小撮土匪，因為他們操著一口地道的陝西口音，說的也是江湖上的黑話。張軍長的隨從只有三人，其中還有一名駕駛員。再說他們拿的是手槍，而打劫的土匪則是卡賓槍，更何況土匪在人員佔有絕對優勢。一名警衛當時還想跟土匪火拚，但他很快就負傷了。另一名警衛情急之下則大喊：

「你們這些毛賊，知不知道這是大名鼎鼎的張軍長?!」

回應他的卻是一陣狂笑：「那我們就發大財了，哈哈……」

結果可想而知，土匪搶走了那輛吉普，還擄走了三名隨從，張軍長被搜了身，身上所有值錢的東西洗劫一空，其中包括總裁親自送給他的那支勃朗寧手槍。一時間，他成了孤家寡人，烈日炎炎之下只得步行到南京去。更要命的是他身無分文，買只紅薯的錢都沒有。

剩下的日子裡，可憐的張軍長就像一個沿路乞討的乞丐艱難前行。不過他的行蹤卻在我們嚴密的監視之下，如果他碰巧搭上一輛牛車，我敢說不會超過一公里就又有一夥土匪在前面等候著並將他趕下車去，如果他遇到某位好心人送給他哪怕一塊錢，一轉身小偷的手就會將錢偷走使他重新身無分文。

一段時間以來，從前方帶回來的消息讓我樂不可支，笑得我直不起腰來。是的，張軍長的情形時常讓我這個鐵石心腸愛好惡作劇的人都頓生憐憫。從西安到南京這段距離他整整走了三個月，他的衣服破爛不堪並發出一種刺鼻的臭味，頭髮長得如同一堆亂麻，鳥兒都會在上面做窩。三個月裡他沒有洗一次澡，身上長滿了蝨子。由於他寫得一手好字尤其對顏體研習頗深，所以他常常站在路邊小店願為店家題寫招牌從而換一碗飯吃。到後來一些餐館看到他邋遢的樣子竟不讓他走進店門，更不會聽他題寫招牌之類的鬼話。他曾對著一輛軍車高喊「快停車！我是張軍長！」而遭到車上士兵的哄笑和羞辱。據前方帶回來的消息稱，他在農家菜園裡偷挖地瓜和蘿蔔是經常的事，有時為了活下去，他甚至不得不在垃圾堆裡去翻撿那些發腐的噁心的食物。作為軍人，他應該說比常人有更強的生存能力，比如捕蛇、摸魚，當然更多的是偷雞摸狗。有時他會潛伏在農家附近，瞅準時機餓狼一樣向一隻雞猛撲過去，鬧得整個村裡都雞飛狗跳。為了生存，他還嘗試為人算命、卜卦、給剛出生的小孩取名什麼的。由於對周易研習不深常常露出馬腳。如遇到婚喪嫁娶、老人做壽、小孩過生日之類，他會得到更多的食物。不過這個時候，東家往往要求他唱一段戲文或是表演一個雜耍什麼的，你會看到他竟能吼一嗓子秦腔甚至是一段京戲。話又說回來他唱的確實不咋樣。儘管如此，東家還是高興遞上幾個白麵饅頭，大方的人家甚至給一兩塊小錢。晚上，他只有露宿街頭或者路旁，禦寒的則是一條我派人故意丟在路邊的破爛軍毯。我雖然要讓他吃盡苦頭，但決不能讓他有生命危險。慶倖的是，他的確有一副好體魄，三個月裡竟然沒有生病。

當他疲憊不堪衣衫襤褸地行進在通往南京的大道上時，一個人往往自言自語。頭兩天，他仔細回想心中的仇人。隨後他列出了一個長長的名單，接著又逐個逐個地排除。從第三天開始，他便一口咬定這是雪公幹的。雖然雪公算不上他的仇人，但他認為雪公是將對政府的不滿轉嫁到自己身上。再說也只有工於心計的雪公才想得出這般惡毒、陰險、奇妙的鬼主意。也就是從第三天起，他開始大罵雪公，詛咒他，並發誓將來一旦有機會定將雪公千刀萬剮。即使是千刀萬剮還不解恨。他還想到更惡毒的置人於死地的方法，比如請君入甕，比如五馬分屍，再比如碎屍萬段，等等等等。他一邊走一邊講，一邊為自己的奇思妙想弄得哈哈大笑。

那個一直跟蹤張軍長的人，在講這些故事時不時觀察我的臉色，生怕惹得我勃然大怒。看到我同樣開懷大笑時，對方似乎跟我一樣開心。不過，最後他還是勸我防著點，張軍長畢竟是擁兵數萬的將軍，又是總裁的紅人，黑道白道通吃，明裡暗裡都有可能。聽到這話我的心頭微微一顫，但我還是故作鎮定地告訴對方「沒事，老子誰也不怕！」

不可否認，從張軍長走出軍事法庭的那一刻起，他就在謀劃對我的報復了。不過他並沒有急於動手。我想他一定在尋找合適的機會。君子報仇十年不晚。他心想將來機會多的是。然而，人算不如天算，幾個月之後他在山東東南部那個小小的山上遭遇到了共軍的圍殲。我不知道他在臨死前是否想到我和他之間還有一筆賬沒算，從而死不瞑目呢。話分兩說，我這樣想也許是以小人之心度君子之腹，他或許早已釋然了，並把那場磨難當作是亂殺無辜的自己應有的懲罰也未可知。

表叔的講述

賢侄，雪公的故事到此應該說結束了，因為接下來的日子已經歸於平淡，不值得你去花費筆墨了。他於一九五〇年到了香港，五年後去了臺灣。這時他已是垂垂老矣。儘管國民政府給了他一個「總統府資政」的官銜，那也不過是有個領工資的地方而已。唯一值得一提的就是他離奇的死。哦，這還真是精彩的一筆。誰也想不到他會投湖自盡。不，不，投湖自盡只是種種說法中的一種。你可以說他是溺水而亡，也可以採用官方的說法：失足溺亡。中國的語言豐富得很，就看你從哪個角度去表達了。

就像人們相信李白是水中撈月而死一樣，雪公的死同樣富有詩意。前面說過，雪公到達臺灣已經七十五歲，一句話，已經到了人生的最後時期。事實也確實如此，他的生命也只有五年的光景。儘管他的生活還可以自理，但他倍受精神疾病的折磨。更重要的是他拒絕就醫，並像所有精神病人那樣聲稱自己沒有病。我的嬸娘那時尚不到六十歲，身體健康，裡裡外外都是她一人跑前跑後。常言道，本事大的人脾氣也大。這話同樣適合嬸娘，由於她在家庭做事多因而對誰都大發脾氣。開初的時候她對雪公總是嘮叨玉兒的名字大為不滿，先是半夜三更大吵大鬧，鬧得雞犬不寧，女兒、女婿甚至外孫們都有意見。後來連鄰居都無法忍受，公開提出抗議。那時的嬸娘完全是一副潑婦形象，把家裡那點醜事鬧得婦孺皆知。後來，即使在白天，雪公也有了自言自語的毛病，先是避開眾人自說自話，再後來全然不顧人生人熟、人多人少，完全陶醉在自我的世界裡。他大聲地說著，時常伴隨爽朗的笑聲，讓人毛骨悚然。這個時候，嬸娘總是大吼數聲：閉嘴！你給我閉嘴！如果她聽出雪公在和玉兒說笑，嬸娘的吼聲則伴著惡毒的咒罵：真不要臉！你那麼喜歡她就跟那個婊子過日子去！

雪公這時抬起頭來，驚恐地看著自己的夫人，就像一個做錯事的學生驚恐地看著眼前的老師。那樣子每次都讓我心頭一顫。若是嬸娘不在身邊，而我湊巧在那兒的話，我會蹲下身子，輕輕地撫摸著雪公的手，想用這種辦法將他拉回到現實中來。

我這是怎麼啦……我怎麼這樣哩？

清醒之後的雪公總是淚流滿面，像個小孩子那樣嚎啕大哭，痛苦萬分。我這是作了什麼孽呀？老天這樣懲罰我?!哦，是的，我這一輩子作過太多的孽，所以老天要這樣懲罰我。而我總是竭力勸慰他，別，千萬別這麼想。你是個好人，一個頂天立地的正人君子，我在你身邊幾十年我還不瞭解你嗎?別再折磨自己了。你如果想開些，不再想那些雜七雜八的事情就好了，就什麼事也沒有了。

不，我知道自己不是好人，也談不上是個正人君子。搞我們這一行的，誰敢說自己是正人君子呢?我殺過人，做過太多的壞事。那些人死了，他們冤屈啊，所以報復我來了，找我算帳來了。這就是報應。雪公說著，哭著，甚至苦笑著。

你沒有殺過人，都是你手下那些人幹的，與你沒有關係……你不要跟自己過不去。你是好人，我能證明。

怎麼跟我沒有關係？那命令是我下的。我不下命令他們會開槍嗎？所以那些被殺的人理應算在我的頭上。冤有頭債有主，如今他們找上門了，找我算帳來了。這是我應該受的，我必須承受！那是不能賴帳的。我不是那種賴帳的人，這一點你清楚。雪公繼續說著，滔滔不絕，生怕嬸娘買菜回來打斷了我們的談話。他說，這麼些年，你也看到了，那些曾經統領十萬百萬大軍的將軍，許多人不能善終，不得好死。為什麼？因為他們殺人太多，沒有憐憫之心，殺人如麻。更可怕的是有人殺的還是自己的同胞，是打斷骨頭連著筋的中國人，是親如骨肉的兄弟姐妹。他們太殘忍了，太骯髒了，太沒有人性了，所以他們不得好死！這就是報應。

不僅是那些對手，那些被殺的人，還有我的手下，那些自己人。他們也許還沒明白這仗為什麼打就被擊斃了，一命歸西了。這些人或許也來找我問個清楚明白。還有，還有這些人的父母，他們會說我把兒子活蹦亂跳的交給你，可你卻沒有好好保護他，讓他早早地就死了，要知道我兒子只有十幾歲，他還太小，人生好多東西都沒有享受甚至沒有明白就死了。你還我兒子！還我……

雪公說，我們總是對這個社會、環境以及生我養我的這片土地不滿意，於是我們砸了建，建了砸；砸了又建，建了又砸。千遍萬遍，無始無終。不是我們不滿意，就是我們的後代不滿意。於是乎，這裡總是充滿了戰爭、革命和破壞。我敢說我們腳下這片土地當初一定是白色的，沒有污垢的白色，由於流了太多的血而成了紅土地，由於流了太多太多的血而成了黑土地。

……

雪公又一次老淚縱橫。我還是第一次面對一個淚如泉湧的老人呢。我該怎麼辦呢?我已經說服不了他，也找不到安慰的話，所有的話語都說不出口，都顯得毫無意義。那些語言已經失去了應有的力量，且變得一文不值。

這時嬸娘回來了，雪公突然不說了。而嬸娘如今看他的眼神不再深情款款，而是充滿厭惡嫌棄。雪公偷偷告訴我，他和嬸娘之間已經沒有話可說了。他們之所以在一起，一是他們都老了，二是他們實在無處可去了。

我對此同樣無言以對。

最後，雪公要我弄點安眠藥給他，讓他晚上睡個好覺。我答應給他買些安眠藥，但每次只給他一顆。一顆就夠了。但他要求更多，甚至希望整瓶全給他。不，那是不允許的。那麼兩顆呢?不，一天一顆，不能要求更多。每次我們總是討價還價。

即便如此，後來還是出事了。那些藥雪公一顆也沒吃，偷偷地攢了起來。一個月就攢了三十顆。然後一次性服下去，結果可想而知了。好在搶救及時，否則後果不堪設想。我應該想到這是一個老謀士使的詭計，好在失敗了。話又說回來，也許死對雪公真是一種解脫。只是不該與我有什麼瓜葛，否則我的後半生一定會在自責中度過。也許是命不該絕，雪公再一次死裡逃生。據說，還是因為雪公近日對孫子的過分疼愛讓家人感到了異常，並引起了警覺。更重要的是，那天晚上我的嬸娘平生第一次失眠了，她像一條剛剛撈出水面的魚在床上翻來覆去卻沒有睡意。雞叫頭遍時，她好不容易睡去就被一個惡夢驚醒。幾乎是下意識的，她感覺雪公出事了。她拉開隔壁的電燈時看到丈大口吐白沫正掙紮在死亡線上，她聲嘶力竭叫喊著女兒女婿的名字，隨後雪公被送往醫院搶救。

此後雪公成了嚴加看管的對象，就像大熊貓一樣成天生活在眾目睽睽之下。他的身邊從來沒有斷人。他不再與嬸娘分床而且必須睡在一起。如果嬸娘出門購物，她會叫來孫子或者說鄰居過來看管。就是嬸娘做家務時，雪公也必須在她的視線之內。

需要補充的是，來到臺灣後我又結了婚，娶的是一位將軍的女兒。女人的丈夫在最後的撤離時不知是陣亡了還是做了俘虜從此音信全無。這個叫紅豔的女人擦乾眼淚之後開始物色下一任丈夫，而我則成了她第一個目標。很快我就不再流連於花街柳巷，結束了饑一頓飽一頓的性愛生活，循規蹈矩地過上了一段時期的小日子。我之所以說是「一段時期」，那是因為兩年之後我又偷偷摸摸地溜到妓院去消磨時光。儘管紅豔是個年輕漂亮的女人，但她畢竟是一個在嚴格家教約束下成長的良家婦女，即使她很享受床笫之歡，卻遠沒有煙花女子那樣新鮮刺激。幾十年來，我在花街柳巷的種種歷險極大的豐富了我的人生，而其中的樂趣又是那些正人君子體味不到的。有一點需要說明的是，這種偶爾為之的歷險不僅不是對家庭的傷害，正相反它使一個家庭更加穩固，因為你是在另外一個女人身上尋求樂趣而不是投入感情。

賢侄，我是不是說得太遠了。好吧，讓我們回到雪公身上。在那次自殺未遂之後，雪公又活了兩年時間。過去他只是精神上出了毛病，那次服藥之後他的身體也漸漸垮了，尤其是腸胃方面。他常常對我和他的家人說，你們最大的不孝就是讓我活著。他滿面痛苦地說這話時我們只是無知地傻笑。大夥以為這是對他好哩，只有那些經歷了生不如死的人才理解這句話的含義。

應該說，我一直是雪公最希望見到並願意交談的人。我也是每天都出現在他的身邊的人，每次只要我一出現，他總會從糊塗狀態中清醒過來。他有時會認錯家人，但有兩個人從未認錯過：嬸娘和我。我和嬸娘使用的是兩種完全不同的方法，如果說，嬸娘的咆哮和怒吼使雪公不得不回到現實中來的話，而我總是用最貼心最悲憫的愛撫讓他那冰凍的心慢慢溫暖起來。我明白，如果沒有雪公就沒有我異常的人生，他比父母給予我的更多，而他也一直將我視同己出。

與江河日下的身體相比，雪公的痛苦主要是精神方面的。對於親屬來說，最難以對付的是那些老同事、老部下，以及年終官方的拜訪。雪公是個高傲的人，即使是風燭殘年，即使不能把持自己，在這些人面前他也要擺出一副高傲的樣子。所以當著客人的面，當嬸娘說他患了「老年癡呆症」或者是「腦子出了毛病」時，他總是怒不可遏，一副要拚老命的樣子。這時，他會耐心地跟客人交談，表現出一個思維敏捷、心智正常的人應有的狀態。但我還是看出了個中端倪，看出他總是竭力控制自己，就像一個在平衡木上翻筋斗的小孩竭力不讓自己掉下來。同時我發現，一些「不速之客」會強行闖入雪公的腦子裡，從而打斷他的正常工作。他一邊跟眼前的客人談話，一邊竭力要將那些「不速之客」趕出去。他的努力並不總是成功，十分鐘，或者二十分鐘之後，他的大腦完全被「不速之客」佔據，他們奪去了他的話語權，控制了他的手勢，然後按照他們的方式進行說話和表演。客人在這時只好帶著一臉的同情和悲憫離去。

如果那些強行闖入的「不速之客」是有名有姓或無名無姓的男人可能情形稍稍好些，如果那個「不速之客」是玉兒，雪公的麻煩就大了。因為這會引起嬸娘的爭風吃醋，她先是冷嘲熱諷，接著是怒髮衝冠，要雪公馬上閉嘴，不要再丟人現眼！多數時候，雪公會閉上嘴巴，一臉委屈地坐在那兒。情況並不總是那樣，有的時候，倔強的雪公全然不顧嬸娘的抗議，依然肆無忌憚的說下去，一直說下去。

由此可見，一家人對雪公似是厭倦了。有一次我聽到嬸娘在和女兒女婿商量與其這樣活著還不如讓他死了好呢。我不能理解這一家人竟然想讓雪公安樂死。我寧願相信這是一句賭氣的話，一句抱怨的話，而不是一句付諸行動的話。事實也的確是如此。不過話又說回來，家人對雪公的看管鬆懈了，這讓雪公有了可趁之機。

在那年冬天，也就是出事的前兩天，雪公偷偷地神祕地告訴我，他找到了玉兒的新住處，一座水晶宮般的洋房，玲瓏剔透，富麗堂皇，蔚為壯觀。房子的前面是一條玉帶鋪成的馬路，兩旁則是楊柳青青，鳥語花香。真沒想到玉兒有這種能耐。雪公在描述那番美景之後無不讚歎地恭維道。應該說，那是面對我時雪公少有的胡話，當時我甚至附和了幾句，並誇耀說玉兒本來就是了不起的奇女子，在她身上發生什麼稀奇事都不會讓我驚訝。

我真是胡說八道。也許正是我這句誇獎的話從側面鼓勵雪公的自殺，因為他覺得那是在追隨玉兒而去。哦，我應該想到，雪公所說的水晶宮是一個湖，更確切地說是夜幕下的湖泊。那是一個距離他家只有一條馬路的湖泊。在一天深夜，天冷風寒的冬夜，當一家人沉睡之後，雪公偷偷起床穿好衣服，開了門，穿過馬路，向那座居住著他一生心愛的愛人的水晶宮走去。

請不要打擾一個瘋子的美夢。

這是雪公留在書桌上的最後的字條。字體怪異，熠熠生輝。

語言文學類　PG1992　SHOW小說 30

公無渡河
——民初歷史小說

作　　者 / 蔡秀詞
責任編輯 / 杜國維
圖文排版 / 詹羽彤
封面設計 / 葉力安

發 行 人 / 宋政坤
法律顧問 / 毛國樑　律師
出版發行 / 秀威資訊科技股份有限公司
114台北市內湖區瑞光路76巷65號1樓
電話：+886-2-2796-3638　傳真：+886-2-2796-1377
http://www.showwe.com.tw
劃撥帳號 / 19563868　戶名：秀威資訊科技股份有限公司
讀者服務信箱：service@showwe.com.tw
展售門市 / 國家書店（松江門市）
104台北市中山區松江路209號1樓
電話：+886-2-2518-0207　傳真：+886-2-2518-0778
網路訂購 / 秀威網路書店：https://store.showwe.tw
國家網路書店：https://www.govbooks.com.tw

2018年3月　BOD一版
定價：290元

國家圖書館出版品預行編目

公無渡河：民初歷史小說 / 蔡秀詞著.-- 一版.
-- 臺北市：秀威資訊科技, 2018.03
面； 公分. -- (語言文學類；PG1992)
(SHOW小說；30)
BOD版
ISBN 978-986-326-531-3(平裝)

857.7　　107001147

讀者回函卡

感謝您購買本書，為提升服務品質，請填妥以下資料，將讀者回函卡直接寄回或傳真本公司，收到您的寶貴意見後，我們會收藏記錄及檢討，謝謝！

如您需要了解本公司最新出版書目、購書優惠或企劃活動，歡迎您上網查詢或下載相關資料：http:// www.showwe.com.tw

您購買的書名：________________________

出生日期：_______年_______月_______日

學歷：□高中（含）以下　□大專　□研究所（含）以上

職業：□製造業　□金融業　□資訊業　□軍警　□傳播業　□自由業

□服務業　□公務員　□教職　□學生　□家管　□其它_____

購書地點：□網路書店　□實體書店　□書展　□郵購　□贈閱　□其他

您從何得知本書的消息？

□網路書店　□實體書店　□網路搜尋　□電子報　□書訊　□雜誌

□傳播媒體　□親友推薦　□網站推薦　□部落格　□其他_______

您對本書的評價：（請填代號　1.非常滿意　2.滿意　3.尚可　4.再改進）

封面設計____　版面編排____　內容____　文／譯筆____　價格____

讀完書後您覺得：

□很有收穫　□有收穫　□收穫不多　□沒收穫

對我們的建議：________________________

____

____

____

請貼
郵票

11466
台北市內湖區瑞光路 76 巷 65 號 1 樓
秀威資訊科技股份有限公司 收
BOD 數位出版事業部

....

（請沿線對折寄回，謝謝！）

姓　　名：________________　年齡：________　性別：□女　□男

郵遞區號：□□□□□

地　　址：____

聯絡電話：(日)________________　(夜)________________

E-mail：____